KB236819

수운판관의 생생한 기록, 병자호란 당시 김포 통진 나루의 처참한 상황 증언

강도일기 江都日記

역주자 신해진(申海鎭)

경북 의성 출생
고려대학교 국어국문학과 및 동대학원 석·박사과정 졸업(문학박사)
현재 전남대학교 인문대학 국어국문학과 교수

저역서 『병자봉사』(역락, 2012)
『남한기략』(박이정, 2012)
『한국고전소설의 이해』(공저, 박이정, 2012)
『대학한문』(공편, 전남대학교출판부, 2012)
『떠난 사람에 대한 그리움의 미학, 애제문』(보고사, 2012)
『증보 해동이적』(공역, 경인문화사, 2011)
『조선후기 몽유록』(역락, 2008)
이외 다수의 저역서와 논문

강도일기 江都日記

초판 인쇄   2012년 5월 29일
초판 발행   2012년 6월 05일
원 저 자   어한명
역 주 자   신해진
펴 낸 이   이대현
책임편집   박선주
펴 낸 곳   도서출판 역락
주   소   서울시 서초구 동광로 46길 6-6(반포동 문창빌딩 2F)
전   화   02-3409-2060(편집부), 2058(영업부)
팩   스   02-3409-2059
등   록   1999년 4월 19일 제303-2002-000014호
이 메 일   youkrack@hanmail.net

정 가   15,000원
ISBN   978-89-5556-389-4   93810

* 파본은 구입처에서 교환해 드립니다.
* 저자와의 협의에 의하여 인지는 생략합니다.

수운판관의 생생한 기록, 병자호란 당시 김포 통진 나루의 처참한 상황 증언

강도일기 江都日記

魚 漢 明 원저
申 海 鎭 역주

역락

　1636년 병자호란은 발발한 지 2달도 못 되어 인조 임금이 삼전도에서 무릎을 꿇고 청나라 태종에게 항복의 의례를 행함으로써 끝난 전란이다. 흔히 조선조 최대의 치욕적인 사건이라 한다. 그 당시 조선인의 자존심을 송두리째 짓밟아버린 두 곳, 함락의 현장인 강화도, 항복의 현장인 남한산성! 이 둘 중에서 치욕스러움이라 하면 남한산성이겠지만, 참혹함이라 하면 강화도가 아니겠는가. 병자년 혹독히도 추웠던 겨울 바닷바람을 맞아가며 그 참혹한 현장이 될 줄 모르고 강화도로 들어가려는 피난민들의 적나라한 모습을 그 길목인 경기도 김포 통진 나루에서 직접 목도하고 생생히 증언한 것이 있으니, 바로 어한명(魚漢明, 1592~1648)의 ≪강도일기(江都日記)≫이다.

　전란이란 일반적인 것이 아니라 한 시기의 특수한 현상인데다 내일을 기약할 수 없다는 점에서 모든 사람들에게 크나큰 공포를 안겨주어 더욱 더 혼돈스러운 국면을 빚어낼 수밖에 없을 것이다. 불안과 공포가 윤리의 둑을 무너뜨리고 가치의 기준을 무력하게 만든 데서 오는 현상이리라. ≪강도일기≫에도 삶과 죽음의 기로에 처한

극한 상황에서 암울한 온갖 군상들이 등장하고 있다. 그 중에서도 강화도 피난과 수비의 책임을 맡았던 검찰사(檢察使) 김경징(金慶徵)의 처사를 있는 그대로 그려내면서 비판하는 대목은 국난을 맞아 온 힘을 다하여 충성을 바친 일개 미관말직 수운판관(水運判官)으로서의 어한명이 가슴에 쌓아둘 수 없었던 울분, 격정, 한탄을 기록한 것이 아니겠는가. 그리하여 김경징의 일이 여기저기 전해오지만, 김창협(金昌協)은 이 기록이야말로 가장 믿을 만하다고 하였다. 따라서 어한명으로 인하여 우리는 참혹한 역사의 기억을 반추할 수 있는 소중한 자료를 갖게 되었다.

그간 《강도일기》는 서울대학교 규장각한국학연구원본만 알려졌으나, 이번에 새로 발굴한 충남대학교도서관 소장 이본을 아울러 소개한다. 어느 이본이 먼저 필사된 것이냐 하면 '충남대학교도서관본'이라 할 수 있으며, 어느 이본이 좋은 이본이냐 하면 '서울대학교 규장각한국학연구원본'이라 할 수 있다. 이 두 이본의 실상 및 《강도일기》가 지닌 체재나 의의에 대한 것뿐만 아니라, 그간 잘못 알려진 것을 바로잡은 것들은 이 책의 말미에 수록된 관련 글을 읽어보기 바라면서, 대방가의 질정을 청하는 바다.

그리고 어한명의 묘표와 자손 관련 자료를 기꺼이 보내주시며 친절하고도 따뜻한 마음을 베풀어 주신 함종어씨 중앙종친회 회장님을 비롯한 관계자들께 진심으로 감사드리는 바이다. 끝으로 편집을 맡아 수고해 주신 역락 가족들의 노고에도 심심한 고마움을 표한다.

2012년 5월
빛고을 용봉골에서
무등산을 바라보며 신해진 謹識

차 례

일러두기

이 책은 다음과 같은 요령으로 엮었다.

1. 번역은 직역을 원칙으로 하되, 가급적 원전의 뜻을 해치지 않는 범위 내에서 호흡을 간결하게 하고, 더러는 의역을 통해 자연스럽게 풀고자 했다. 일부 재번역한 글에서 참고한 기존 번역서는 다음과 같다.
   송기채 역, 『국역 농암집』 4, 민족문화추진회, 2004.
   임정기 역, 『국역 한수재집』 3, 민족문화추진회, 1991.
2. 이 책은 어한명의 시호 받는 과정을 이해하기 위한 참고자료 5개의 글이 수록되어 있다. 국사편찬위원회가 운영하는 〈조선왕조실록〉과 〈승정원일기〉 사이트에서 인용한 것이다. 최소한의 윤문을 하되, 가급적이면 원문 그대로 인용하였다. 단, 승정원일기 인용 자료의 번역은 역주자가 한 것이다. 국사편찬위원회에 진심으로 감사드린다.
3. 원문은 저본을 충실히 옮기는 것을 위주로 하였으나, 활자로 옮길 수 없는 古體字는 今體字로 바꾸었다.
4. 원문표기는 띄어쓰기를 하고 句讀를 달되, 그 구두에는 쉼표(,), 마침표(.), 느낌표(!), 의문표(?), 홑따옴표(' '), 겹따옴표(" "), 가운데점(·) 등을 사용했다.
5. 주석은 원문에 번호를 붙이고 하단에 각주함을 원칙으로 했다. 독자들이 사전을 찾지 않고도 읽을 수 있도록 비교적 상세한 註를 달았다.
6. 주석 작업을 하면서 많은 문헌과 자료들을 참고하였으나 지면관계상 일일이 밝히지 않음을 양해바라며, 관계된 기관과 여러분들께 진심으로 감사드린다.
7. 이 책에 사용한 주요 부호는 다음과 같다.
   1) ( ) : 同音同義 한자를 표기함.
   2) [ ] : 異音同義, 出典, 교정 등을 표기함.
   3) " " : 직접적인 대화를 나타냄.
   4) ' ' : 간단한 인용이나 재인용, 또는 강조나 간접화법을 나타냄.
   5) 〈 〉 : 편명, 작품명, 누락 부분의 보충 등을 나타냄.
   6) 「 」 : 시, 제문, 서간, 관문, 논문명 등을 나타냄.
   7) 《 》 : 문집, 작품집 등을 나타냄.
   8) 『 』 : 단행본, 논문집 등을 나타냄.

강도일기
江都日記

일기
日記

나는 을해년(1635) 봄에 경기좌도(京畿左道)의 수운판관(水運判官)을 제수 받아서 직무를 수행한 지가 이미 1년이 넘고 있었다. 병자년 (1636) 겨울 10월, 호조판서(戶曹判書) 김신국(金藎國) 공이 우리 수참 (水站)에 체문(帖文 : 지시공문)을 내려 이르시기를, 「수참선(水站船)을 남김없이 통진(通津)에다 옮겨 정박시켜라.」고 하여, 호조의 복물(卜 物 : 화물)을 난리가 났을 때 운반하여 보내려는 것으로 여겼다. 우리 수참은 체문의 지시대로 수참선 10여 척을 되돌려 통진의 신촌(新 村) 바닷가에 정박해 놓았다. 그리고 격군(格軍 : 水夫)은 모두 충원(忠 原 : 지금의 충주) 등지에 사는 백성들이었는데 형편을 예측할 수가 없어서 양식을 싸 들고 사변에 대비하였다. 다만 배는 해변 가에 매 어두고 신촌 사람들로 하여금 돌보게 하였다.

같은 해 12월 12일 저녁. 서쪽 변방에 관한 급보(急報 : 청군이 압록 강을 건너 조선을 침입했다는 소식)가 이르렀다.

13일 아침. 호조판서 대감이 빈청(賓廳)에 앉아 있다가 나를 불러 말했다.

"내가 겨울 초에 일찍이 수참선을 옮겨 정박해 놓으라는 체문을 내렸었는데, 그것을 이미 거행해 놓지 않았는가?"

나는 말했다.

"벌써 이미 거행했사옵니다."

호판(戶判) 대감이 말했다.

"사태가 지금 급박하네. 자네가 몸소 배를 정박해 놓은 곳에 나아가 호조의 화물들을 강도(江都 : 강화도)까지 잘 호송해주게."

내가 대답하였다.

"선박들이야 해변에 매어놓았습니다만 격군들은 모두 먼 곳에 있사오니, 격군이 없는 배를 어찌 운송하는데 쓸 수 있겠습니까?"

호판 대감이 말했다.

"형편상 물론 그럴 수밖에 없을 것이네. 그렇지만 자네가 모쪼록 편할 대로 잘 처리해주게나."

나는 마침내 인사하고 물러 나와서는, 그날 오후에 출발하려고 노량참(露梁站)에 머무르며 곧장 하리(下吏 : 胥吏)를 불러서 약간의 장정들을 구하도록 하여 밤새도록 달려갔다.

14일 저녁. 통진의 신촌에 도착하였다. 마을사람들은 까마득히 변방의 소식을 알지 못했고, 나 역시 변방의 소식은 알고 있었으나 얼마나 위급한지는 알지 못하여, 밤새도록 잠 못 이루고 앉아서 날이 새기를 기다렸다.

15일 아침. 갑작스레, 말을 집어타고 문 앞을 지나는 사람이 있어서 나가 서울에 관한 소식을 물으니, 그 사람이 답하였다.

"어제 오랑캐의 기병(騎兵)이 이미 벽제(碧蹄)에 도착했소. 그리하여 임금과 동궁께서는 다급하게 남대문(南大門)에서 강도(江都 : 강화도)로 거둥하고자 하셨으나, 오랑캐가 이미 사현(沙峴 : 서대문구 모래내)을 넘어서 마지못하여 하는 수 없이 성문을 이미 닫았다는 소식을 듣고 길을 바꾸어 남한산성(南漢山城)으로 향하셨소. 오직 빈궁(嬪宮)과 원손(元孫) 및 두 대군(大君 : 봉림대군과 인평대군)의 행차가 겨우 먼저 나올 수가 있어서 어제저녁 통진 지역에 와서 유숙하시고, 이제 이 나루머리에 당도하실 것이오."

내가 말했다.

"네 어찌 망령된 말을 하느냐? 오랑캐가 아무리 날아온다 하더라도, 어제 벌써 어찌 도성에 들어올 수 있단 말이냐?"

그 사람이 말했다.

"이것이 어떤 일이온데, 어찌 감히 망령되이 전하겠사옵니까?"

나는 그의 말이 진짜 사실이라는 것을 알고서 놀랍고 두려워 어찌할 줄 모르며 눈물이 절로 나왔다. 이윽고 돌이켜 생각해 보니, 내가 이곳에 온 까닭은 비록 호조의 화물을 운송하기 위한 것이지만, 지금 국가의 행차가 쓰러지고 엎어지며 이곳에 이르고 있으나 강화도와 통진 등의 관리들이 때마침 한 사람도 와서 기다리는 자가 없으니, 만약 혹시라도 오랑캐 군사들이 갑자기 들이닥치면 행차들은 무슨 수로 건널 수가 있으랴. 이때를 당하여 내 몸이 선착장에 있으면서 호조의 화물을 기다리고 있으나 오지 않고 있으니, 국가의 행차는 이미 도착하여 급한 상황인데 신하된 자로서의 의리상 어찌 자기의 소임이 아니라고 핑계하면서 건너실 수 있도록 하는 일을 대행(代行)하지 않을 수 있으랴. 다만 염려스러운 것은 배야 비록 있지만 배의 격군을 한 사람도 찾을 수 없는 것이었다. 그러므로 드디어 즉시 주민 두세 사람을 불러들여서 타일러 말했다.

"지금 나라가 불행하여 오랑캐 군사들이 갑자기 들이닥쳐서 궁궐의 행차가 당장 곧 이곳에 당도할 것이나, 지방의 관리들이 미처 와서 문안하기 전이니 배의 격군을 어디서 구할 수 있겠느냐? 너희들은 바닷가에 살아서 필시 배젓기에 익숙할 것이니, 한번 건너는 수고를 너희는 사양할 수 없을 것이로다."

주민들은 듣고도 못 들은 척하며 흩어져 달아날 뜻이 있는 듯하여, 나는 즉시 소리 질러 말했다.

"너희들만 우리나라의 백성들이 아니더냐? 나라에 큰 변고가 있어 궁궐의 행차가 몹시 다급하게 이곳에 당도하시거늘, 건너게 해드릴 생각이 없으니 이 무슨 도리란 말이냐? 비록 평소로 말하더라도 나루머리에 살고 있는 자로서, 어떤 길손이 해질녘에 강을 건너려고 하는 것을 보면 인정상 대수롭지 않게 보고 지나칠 수가 없는 것이다. 하물며 지금 국가의 행차가 변란을 당하여 이곳에 당도하시거늘, 너희는 어찌 감히 대범하게도 건너드릴 생각이 없단 말이냐?"

그 가운데 한 늙은이가 나의 소리에 응대하였다.

"나으리의 말씀은 진실로 옳습니다. 우리들이 감히 이 일을 떠맡

지 않겠습니까?"

나는 즉시 수하[下人]로 하여금 그 사람을 따르도록 하여 한 마을에서 찾아낸 20여 명의 남정들과, 아울러 내가 거느렸던 수하 40여 명을 거느리고 나루머리로 가서 바야흐로 매어놓은 배들을 바다에 띄워서 수리할 즈음에 뒷산을 돌아보았다. 마침 한 행차가 오고 있었는데, 흰옷에 초립(草笠)을 쓰시고 큰 흑마(黑馬)를 타셨다. 자세히 보니 곧 봉림대군(鳳林大君 : 효종대왕께서 아직 왕이 되기 전 시기의 君號)이셨다.

나는 즉시 대군 앞에 나아갔고, 대군께서도 역시 내가 나아가는 것을 보시고 먼저 사람을 시켜 부르셨는데, 나는 즉시 비탈 위에 있는 시골집의 사립문 밖 빨래터 가에서 배알하였다. 인평대군(麟坪大君)도 역시 그 왼쪽에 계시었다. 내가 두 대군을 우러러 뵈오니 앉으실 자리 하나가 없는지라, 즉시 사람을 시켜 방석을 가져와 바치도록 했는데, 한참 동안 앉지 않으셨다. 생각건대 내가 비록 미관(微官)일지라도 차가운 땅에서 고개를 숙이고 엎드려 있었기 때문에 방석자리에 앉는 것이 편치 않은 생각이 있으신 듯하여, 그래서 볏짚 한 단을 가져다 내 무릎 밑에 깔았더니 대군께서 비로소 방석자리에 앉으셨다.

내가 먼저 말씀을 올렸다.

"오랑캐 군사가 들이닥치는 것이 어찌 이리도 급하옵니까?"

대군께서 대답하셨다.

"어찌 이런 일이 있단 말인가? 어찌 이런 일이 있단 말인가?"

이와 같이 말씀하시기를 두세 번이나 하셨다. 내가 또 꿇어앉은 채로 여쭈었다.

"주상께서 타신 대가(大駕)가 어느 곳을 향하여 떠나신 것이옵니까?"

"이미 남한산성으로 향하셨도다."

이어서 눈물을 주르륵 흘리셨다. 나도 역시 목이 메어 대답할 수가 없었는데, 대군께서 말씀하였다.

"그대는 누구인가? 강화도로 건너가는 일은 어떻게 해야겠느냐?"

내가 대답하였다.

"소인은 경기좌도 수운판관 어(魚) 아무개이옵니다. 호조의 화물을 운송하는 일 때문에 그저께 빈청(賓廳) 당상관의 분부로 이곳에 왔사온데, 지금 궁궐의 행차가 급박하게 당도하신다는 소식을 듣고 이미 배를 수리하여 띄울 준비를 해놓고 기다리고 있었사옵니다."

"몇 시에 배를 띄워 바다를 건널 수 있겠느냐?"

내가 대답하였다.

"오늘 한낮에 얼음이 풀려서 조수(潮水)가 이를 때까지 기다린 연후에야 건너실 수 있을 것이옵니다."

얼마 뒤에 한 궁노(宮奴)가 대군 앞에 나아와 아뢰었다.

"행중(行中)에 양식이 부족하오니, 오늘 조반(朝飯)은 어떻게 해야겠사옵니까?"

나는 그 말을 듣고 몹시 놀라서 즉시 종을 불러 비축해 둔 양식 쌀 한 말을 갖다가 바치도록 하였다.

그때 대군께서는 잠시 사립문 안에 들어가 계셨다가 곧이어 출발하게 되자, 나에게 칭찬의 말씀을 하셨다.

"판관이 밥을 지을 쌀을 보내주어서 매우 감사하고 진정 감사하노라."

나는 즉시 삼가 사양하고 물러나서는, 또 아침에 모집한 격군들에게도 말하였다.

"지금 세상의 일이 이 지경이니, 너희들이 감히 나라를 위하여 마음을 다하지 않겠느냐?"

이내 친히 이름을 차례로 부르며 두세 번이나 단단히 타일렀다. 대체로 그때 피란하는 사람들이 시장바닥처럼 수없이 모여들었는데, 그들이 허둥지둥하다가 급박한 상황에서 흩어져 달아날까 염려하였기 때문이었다. 대군께서 또 말씀하셨다.

"우리 일행은 사람과 말이 매우 많으니, 두 척의 배로 정하여 운송할 수 있겠느냐?"

내가 대답하였다.

"소인이 어찌 감히 배의 수효를 계산해가며 정하여 운송할 수 있겠사옵니까? 다만 출항할 준비가 된 배[艤船]가 대령하여 있는 것에 달렸을 따름이옵니다."

이러한 때에 또 보니, 한 일행이 줄지어 걸어오고 있었다. 그리고 그 가운데 한 사람은 자줏빛 명주옷에 두건을 쓰고 등에는 자줏빛 명주 보자기를 짊어지고 왔다. 사람을 시켜 물었더니, 곧 숙녕전(肅寧殿 : 仁祖妃 仁烈王后 韓氏의 魂殿, 협주 : 中宮 혼전)을 봉안(奉安)한 행차였다. 너무나도 놀라 울면서 급히 사람을 시켜 초둔(草芚 : 풀로 엮은 거적) 몇 립(立 : 목재의 부피를 나타내는 단위)을 반드시 구해 오도록 하여 배 위에다 깔아놓으니, 그 일행은 즉시 배에 탔다.

날이 이미 저물어 가고 있었으나, 궁궐의 행차가 선착장에 와서 모인 사람은 그 수를 알 수가 없었는데, 모두 흰 옷을 입은 데다 얼굴을 가리고 앉아 있어서 상하가 혼동되었고 귀천을 분별할 수가 없었다. 모래사장 위에 가득 채운 흰색은 흰 비단결 같았으니, 대개 그때가 중전마마의 소상(小祥)이 겨우 지나서 그랬던 것이다.

그때 어떤 사람이 와서 말했다.

"검찰사(檢察使)께서 불러 맞이해오라고 하셨소이다."

검찰은 곧 김경징(金慶徵)이었다. 나는 곧바로 그 사람을 따라가서 만나 뵈었는데, 한참 이야기를 나누는 동안 나라의 일에 대해서는 조금도 언급하지 않았으며, 간혹 하늘을 쳐다보며 휘파람 불기도 하고 부채를 들어 휘젓기도 하더니 말했다.

"어떻게 해야겠는가? 어떻게 해야겠는가?"

이와 같은 말뿐이었다. 조금 있다가 덕포(德浦 : 통진에 있는 포구) 첨사(僉使) 조집(趙㙫)이 배를 타고 달려오니, 김경징이 매우 기뻐하며 말했다.

"이 사람이 타고 온 배는 아마도 틀림없이 견고하고 좋을 것이니, 우리 집의 식솔들이 이 배를 타고 건너야겠다."

조집이 또 가지고 온 작은 배가 있었는데, 내 생각에는 대군께서 타실 참선(站船)이 판자가 얇고 몸체도 작아서 해선(海船)의 견고하고 완전함만 같지 않다고 여겼기 때문에, 옮겨 타시게 할 뜻으로 대군께 아뢰려고 10여 보를 달려갔다. 김경징이 크게 성을 내며 급하게 사람을 시켜 나를 불러 말했다.

"그대는 어찌하여 꼭 우리 집의 식솔들이 탈 배를 빼앗아서 대군께 드리려고 한단 말인가?"

나는 말했다.

"내가 대군께 아뢰고자 했던 배는 곧 조집의 작은 배이지, 진실로 영공(令公)의 식솔들이 타고 가려던 배가 아니오. 공은 어찌하여 잘못 알고서 성을 내신단 말이오?"

김경징은 노여움이 아직도 풀리지 않았다. 그때 경기우도 수운판관 윤개(尹塏)가 비로소 도착하여 곁에 있다가 나에게 눈짓을 하며 말했다.

"형은 그만하는 것이 좋겠소. 반드시 큰일이 생길 것이오."

나는 더욱 분한 마음을 견디지 못하여 곧장 윤개와 함께 물러나와 모래사장 위에 누워서 말했다.

"경징은 나라의 두터운 은혜를 받아서 중임(重任)을 한 몸에 졌으면서도 국가의 위급함을 생각지 않고 단지 처와 자식들을 보전하려는 마음만 있네. 저들도 오히려 이와 같은데, 하물며 지위가 낮은 관리임에랴."

이윽고 대군의 행차가 장차 배를 띄워 바다 어귀로 향하려는데, 나는 차마 편안히 앉아 있지 못하고 즉시 사람을 시켜 뱃사공을 불러오게 해서 말했다.

"바닷길만한 험한 것이 없으니 온 마음을 다하여 호송해 드려라."

그 후에 피란하는 사람들이 일시에 바다 어귀를 건너려고 다투었지만, 배들은 한 척이라도 빈 배로 남아 있는 것이 없었다. 뒷고개를 돌아보니 마교(馬轎 : 말 위에 실려 있는 가마) 행차가 도착하였는데, 곧 빈궁(嬪宮)과 원손(元孫)의 행차였다. 마교(馬轎)는 부지군(扶持軍 : 부축하고 도와주는 호위군)이 없어 고개를 넘지 못하고 있었으므로, 내가 즉시 수하 5,6명을 보내어 행차를 호송하여 오니, 승지(承旨) 한흥일(韓興一)이 그 뒤를 따르며 모시고 있었다.

이때 단지 참선(站船) 한 척만 있었는데, 짐을 싣는 말이 가득 실린 채로 미처 배를 띄우지 못하고 있어서 내가 즉시 배 있는 곳으로 지휘하여 내려갔다. 두 행차는 모두 배를 탈 수 있었지만, 배종(陪從 : 지체 높은 분들을 모시고 따르던 일)하던 내인(內人 : 나인)들은 먼저 타려고 다투는 자가 그 수를 알 수 없었다. 내가 곁에 있으면서 보니, 그 배는 작고 탄 사람들은 극히 많아서, 한 승지에게 말했다.

"이처럼 작은 배에 이같이 많이 실었으니, 바닷길만한 험한 곳이 없는데 어찌 건너갈 수 있겠습니까?"

나는 또 바닷물의 흐름을 살펴보니 조수(潮水 : 밀물)는 이미 빠져나가고 배는 사저(沙渚 : 모래톱)에 있는지라, 또 한 승지에게 말했다.

"영공(令公)께서 바닷물의 흐름을 한번 보시면, 육지에서 배를 띄우는 것이 가능하다고 여기겠습니까?"

한 승지가 배의 주위를 둘러보고는 자신도 모르게 절로 발을 동동 구르며 말했다.

"장차 어찌해야 한단 말인가? 어찌하면 좋단 말인가?"

이러한 때에 날은 이미 저물었으므로, 행차는 도로 배에서 내리시어 비탈 위에 있는 시골집에서 머무시며 주무셨다.

밤 일경(一更 : 저녁 7시~9시)쯤 어떤 사람이 그 머물고 있는 시골집에서 와 급하게 나를 불렀다. 내가 사립문 밖에 나아갔더니 내관(內官)이 있었는데, 스스로 말고삐를 쥔 채 앉으며 말했다.

"오늘 밤에 배를 띄워야 하겠다. 그러니 배를 속히 정비하여라."

나는 그 내관을 보고서 한심스러워 스스로 진정할 수가 없었으나 저녁식사를 했는지 여부를 물었더니, 이내 말했다.

"우리들의 저녁식사는 감히 바랄 바가 아니고, 빈궁마마의 저녁수라도 올리지 못하고 있다네."

나는 이 말을 듣고 몹시 놀라 울면서 양식 쌀을 진상하였으며, 또한 외람되었지만 행중(行中)에 갖고 있는 율무 몇 되를 가져다가 보내고자 내관에게 말했다.

"영옹(令翁 : 빈궁을 가리키는 듯)께서 추위와 굶주림이 두루 심하시다니, 이것으로써 한때의 급박함을 해결하시는 것이 어떠하겠습니까?"

내관은 즉시 궁인(宮人)을 불러서 나를 들여보내주어, 바로 한흥일 및 부찰사(副察使) 이민구(李敏求)에게 가서 뵙고 말했다.

"조금 전에 내관을 만났고 또 저더러 배를 정비하라고 하였지만, 아침에 모집한 민정(民丁 : 20세 전후의 남자)들은 이미 대군의 행차에 따라 보냈습니다. 지금은 다만 밤이 깊었을 뿐만 아니라 이런 위급하고 어려운 시기를 당했는데 통진 백성들이 어찌 기꺼이 저의 말을 재차 들어주겠습니까? 그렇지 않겠습니까? 이후로 격군에 관한 일은 전적으로 본관(本官 : 고을의 수령)에게 요구하는 것이 옳을 것입니다."

나올 즈음에 때마침 말을 탄 나그네를 만났는데, 곧 통진 현감 채충원(蔡忠元)이었다. 나는 그의 손을 잡고 말했다.

"형(兄)이 어디를 갔다가 이제야 도착했는지 알지 못하겠소. 대군의 행차는 내가 비록 끝냈을지라도, 배와 격군들을 살피고 찾아내어 어렵사리 끝내 바다를 건너시게 해드렸소. 그런데 형은 어찌 제 때에 즉시 대령하여 자기의 소임을 다하지 않는단 말이오?"

그가 대답하였다.

"수하들이 나를 사지에 몰아넣으려고 해서 그런 것이다."

이어서 서로 마주보고 간단히 기왕에 분주했던 상황을 말했다.

얼마 뒤에 어떤 사람이 통진의 수하들을 급히 찾아 부르며 말했다.

"궁인(宮人) 일행이 바다에서 아무것도 가리지 않고 바깥에 있어 얼어붙을 정도로 추위가 바야흐로 심하니 속히 불을 가져오라."

통진(通津 : 채충원을 가리킴)이 말했다.

"이런 상황에서 무슨 수로 땔감을 구한단 말인가?"

내가 말했다.

"위급한 상황을 구하기 위해 불을 피우는데 어찌 꼭 땔감으로 해야 한단 말인가? 이곳 시골마을에 산더미같이 쌓아둔 볏짚들도 또

한 땔감으로 써도 될 것이네."

통진이 말했다.

"옳네."

그가 즉시 그 수하를 시켜 볏짚 몇 동을 가져오게 하여 모래사장 가에서 불을 놓으니, 일행 가운데 추위와 싸우던 사람들이 한꺼번에 빙 둘러 모여서 불을 쬐었다.

이때 빈궁마마가 계신 집에서 영(令)을 받들어 모신 자는 한흥일과 이민구 두 분뿐이었다. 김경징은 빈궁마마가 배에 오르는 잠깐 사이 어디로 갔는지 알 수 없었다. 추후에 듣건대, 김경징은 빈궁마마께서 배에 오르시는 것을 보고, 먼저 그의 식솔들을 태운 배를 띄워 아무 탈 없이 바다를 건넜다고 한다. 이 일로써 한흥일과 이민구는 그의 소행을 너무나도 한스럽게 여겼다.

한밤중이 되어갈 제, 나의 수하가 마지막 보고를 하였다.

"새벽닭이 이미 울었습니다. 조수(潮水)가 또 들어오고 있습니다."

나는 몸소 바닷가에 나가서 살펴보고는 사람을 시켜 급히 한흥일과 이민구 두 분께 알렸다.

"조수가 가득 찼으니 바다를 건널 때라고 하겠습니다."

한흥일과 이민구 두 분이 즉시 선착장으로 함께 왔는데, 배들은 다수가 모래톱에 걸려 있었고, 격군은 한 사람도 조치하여 대비하지 않았다. 양궁(兩宮)의 행차도 또한 머물었던 시골집으로부터 서로 이어서 떠나고 있었다. 그리고 통진의 수령(守令 : 채충원) 및 경기우도 판관[尹墀]은 모두 미처 대령하지 못했다. 한흥일과 이민구 두 분도 어찌해야 할지 몰라서 나에게만 말했다.

"어떻게 해야겠는가?"

나는 수하들을 데리고 바닷가를 순시하였는데, 몇 사람이 외딴 곳에 숨어 있었다. 사람을 시켜 잡아들였더니 아닌 게 아니라 마을 백성들이었는데, 배 젓는 일에 소용될 만하다고 했다. 나는 즉시 그 사람들을 잡아와 한흥일과 이민구 두 분의 곁에 꿇려놓고 말했다.

"공들께서는 이 사람을 지켜보시고 도피하지 못하게 하십시오."

또 해상까지 샅샅이 찾고 뒤져서 몇 명을 붙잡아 와서는 말했다.

"또 배 하나에 격군으로 보탤 수 있을 것입니다."

두 분 모두 말했다.

"다행이네, 천만 다행이네. 조금 전과 이번에 잡아들인 사람이 모두 8명이니, 배 한 척당 각기 4명씩 나누면 되겠네."

한흥일이 양궁(兩宮)을 모시고 따라갔는데, 탄 배가 바다 어귀를 향하여 출발했다. 그때 눈보라가 한창 몰아치고 구름과 안개가 하늘에 맞닿아서 아득한데, 두 배는 만경창파(萬頃蒼波) 속으로 노 저어 사라져 갔고, 모래사장 가에서 우두커니 서 있자니 그 참상을 차마 볼 수가 없었다.

나 또한 밤새도록 분주하였던 까닭에 굶주림과 추위가 한꺼번에 몰려와서 곧 죽을 듯해 바로 다 그만두고 쉬려고 임시숙소에 와 자려니 밤은 어느새 새벽이었다. 무너지듯 곤하게 쓰러져 눕자 인사불성(人事不省)이 되어 잠이 들었다.

16일 아침. 또 이민구 부찰사(副察使)가 머무는 곳에 찾아가 뵙고 물었다.

"첫새벽에 양궁(兩宮)의 행차가 과연 아무 탈 없이 건너가셨다고 합니까?"

"이곳을 떠난 뒤로 역풍을 만나 만경창파에서 거의 위태로운 지경이었지만, 겨우 벗어날 수 있어 배를 돌려 손량항(孫梁項 : 김포의 '손돌목'을 이르는 말)에 정박하였다네."

나는 경악을 금치 못하고 즉시 손량항에 달려가서 살펴보았다.

이윽고 바람이 잦아들어 건너기 좋은 때가 되자, 상국(相國) 윤방(尹昉)이 종묘사직의 신주(神主)를 모시고 이르렀고, 김경징도 역시 건너편 쪽에서 도로 건너왔다. 강화유수(江華留守) 장신(張紳)·통진 현감[蔡忠元]·경기우도 수운판관[尹塏]·덕포 첨사[趙墱] 등도 모두 와서 같은 시기에 모였으므로 보호하여 건너게 하였다.

나는 즉시 물러나 배가 있는 곳으로 돌아왔으나, 호조의 화물은 한 바리도 도착한 것이 없었다. 이내 강화도로 가고자 할 때에는 당초에 담당했던 직무가 전적으로 화물을 운송하는 데에 있었는데, 내가 바다를 건너간 뒤로 호조의 화물이 혹시라도 도착한다면 일이 극히 낭패이기 때문에 2,3일을 머무르기로 하였다. 그리고 내가 스스로 어떻게 처리해야 할지를 알지 못했지만, 거느리고 있던 수하들을 불러서 말했다.

"너희들은 모두 집이 노량(露梁)에 있어 네 부모와 처자식들을 보살피지 않을 수 없을 것이니, 너희들은 모두 떠나가도 괜찮다."

수하들은 모두 울면서 말하였다.

"이런 위급하고 어려운 때를 당하여 나으리를 이곳에 두고 저희들 몸만 먼저 흩어져 집으로 돌아가는 것은 인정상 차마 못 할 일입니다."

내가 그대로 집에 돌려보낸 자는 7,8명이고, 다만 번(番)을 세우기 위해 머무르게 한 자는 3,4명이었는데, 그들과 함께 드디어 날마다 해상에 나가서 살피며 화물이 오기를 기다렸고 또 형세를 관망하여 바다를 건너고자 하였다.

19일 아침. 어떤 황당한 사람이 나루머리에 찾아와서 궁전(宮殿)의 행차가 바다를 건너 강화도에 들어갔는지 여부를 물었는데, 대개 오랑캐의 정탐하는 사람이었다. 살고 있는 백성들이 몹시 놀라 촌락이 하나같이 텅 비게 되었다. 검찰사가 강화도에서 명하여, 건너가는 배들은 남김없이 건너편 쪽에 옮겨 정박하도록 하였고, 매어 놓은 배들은 한꺼번에 불을 놓아 다 태우도록 하였다.

나는 애초 판당(判堂 : 판서)의 지휘로 이곳에 왔기 때문에 남한산성으로 호종하여 들어가지 못하고 며칠을 지체하였다. 화물이 오기를 고대했던 데다 또 강화도와 길이 끊겨서 그 이후의 형편은 오직 마땅히 수참(水站)으로 돌아가야 했다. 남한산성의 포위가 풀리기를 기다려서 곧바로 호판 대감에게 연유를 아뢸 수 있다면, 또한 내가 이미 했어야 할 책임에서 벗어나지 않게 될 것이다.

드디어 20일 아침에서야 통진의 바닷가에서 길을 떠나 부평(富平)의 어떤 마을에 도착하고서 묵었다.

21일 아침. 금천(衿川 : 경기도 시흥)의 낙양촌(樂羊村)에 찾아갔다.

구종(驅從 : 하인) 대립(大立)이란 자가 마침 이곳에서 처자식들을 만났는데, 그의 처는 울부짖으며 따라오고 사내아이와 딸아이는 옷을 붙잡아 끌며 만류하였다. 대립은 채찍으로 그 처자식들을 때려 물리치고는 말을 끌고 뒤따랐다. 그 사람은 사사로운 정을 능히 끊었고 겸손함이 있었으니, 벼슬아치 상전에게도 그와 같았다. 그 뒤로 안산(安山)의 풍갑현(風甲峴)에 도착하여 양식을 구하러 나갔다가 길에서 오랑캐를 만나 죽었다. ○ 또 마두(馬頭 : 역마를 맡아보는 사람) 애복(愛福)이란 자는 변란 초부터 나를 좇아 통진까지 갔는데, 통진에서 강천(江川)까지의 사이에 힘껏 일하고 호송한 공은 이루 다 말할 수가 없다. 오랑캐의 기병들이 길에 마구 날뛰는데도 끝내 죽지 않고 벗어날 수 있었던 것은 실로 이 사람의 힘 덕분이다. 강천에 이르러서는 그의 가족들을 찾아보아야 했기 때문에 나를 하직하고 떠나갔는데, 그 뒤에 포로로 잡혀서 죽었다고 한다. ○ 또 통인(通引 : 관아의 심부름꾼) 막난(莫鸞)이란 자는 변란 초에 그로 하여금 내 아들의 일행을 좇아서 반근(半槿)까지만 호송해달라고 했더니, 그는 관아의 벼슬아치 가족들을 중도에 버려둘 수 없다고 생각하여 끝내 음성(陰城)의 본가까지 보호해 주고는 여주(驪州)로 돌아왔다. 오랑캐가 이미 가득 차서 지체하며 나아가지 못하다가, 내가 강천(江川)에 도착했다는 소식을 듣고 즉시 찾아와서 말하기를, "부모와 처자식을 이미 찾아볼 수가 없게 되었으니, 어찌 나으리를 좇아서 생사를 같이하겠사옵니까?" 하였다. 처음부터 끝까지 나를 좇아서 따라와 준 공은 실로 예사로운 것이 아니었고, 지금까지 나를 향한 정성된 마음은 조금도 쇠하지 않았으니, 하인배 가운데서 얻기 어려운 자라고 할 만하였다. 아! 나는 이 세 사람과 함

께 만 번 죽을 위험에서 온갖 고생을 같이하였으므로, 아직도 잊을 수
가 없어서 아울러 여기에 기록해 둔다.

같은 날 오후에 안산(安山)의 노비 집에 도착하였다.

노비들은 모두 오랑캐를 피하여 옥귀섬[盃怪島 : 경기도 안산에 있던
섬]의 동굴에 들어갔다. 다만 두 노비가 집에 있었는데, 끝내 그들로
하여금 길을 인도하게 하여 갈까 걱정이었다. 저물녘에 풍갑현(風甲
峴)에 도착했을 때, 오랑캐가 한창 노략질을 한다는 소식을 듣고 마을
어귀에서 노비 집으로 되돌아가 묵었다가 한밤중이 되어 길을 떠나서
또 옥귀섬의 포구로 가는 길로 향하려 했다. 또 오랑캐가 발로평(發路
坪)에 있다는 소식을 듣고 곧바로 사잇길을 따라 가다가, 또 부국창(富
國倉)에 머물러 주둔하고 있음을 듣고는 하는 수 없이 다시 노비 집에
돌아가야 했다.

22일. 오랑캐를 피하여 옥귀섬의 능길촌(能吉村)에 들어갔다.

며칠을 묵고는 다시 그 지형을 자세히 살펴보니, 이 섬은 곧 육지와
이어진 곳이었다. 오랑캐가 만약 쳐들어온다면 목숨을 구할 길이 없
기 때문에 나는 수하들에게 말하기를, "이곳의 형세가 이와 같으니 죽
거나 살거나 떠나는 것이 옳다." 하자, 모두가 "맞습니다." 하였다.

25일. 한밤중에 길을 떠났다.

26일. 저물녘에야 수원산성(水原山城)의 아래에 도착하여 머물러
묵었다.

27일. 아침에 청회(靑灰)를 향하여 떠나 저물녘에야 죽산(竹山 : 경기도 안성에 있는 지명)의 어떤 마을에 투숙하였다.

28일. 이른 새벽에 출발하여, 해가 돋아 밝을 때 태평원(太平院 : 죽산에 있던 관사)에 이르렀다.

어떤 황당한 사람이 활과 화살을 가지고 길가에 서 있었다. 그의 모습을 보면 우리나라 사람이 아닌 듯했다. 나는 말 위에서 그를 불러 묻기를, "오랑캐 군사들이 지금 어디에 있소?" 하니, 그 사람은 말을 잘 못하지만 "저 산에 많이많이 있다."고 대답하였다. 그의 말을 들어보면 분명 의심스러운 사람이었으나 어찌할 도리가 없었다. 즉시 말을 돌려서 좁은 길을 따라 채찍을 가하고 지나갔다.

저물녘이 되어서야 충주(忠州)의 말마촌(秣馬村)에 도착하여, 김중길(金重吉)의 집에 머물고 묵었다.

29일. 아침 일찍 출발하여 저물녘이 되어서야 홍원창(興元倉)에 도착하고는 강변에서 맞은편의 수참(水站) 사람들을 불렀다. 그들은 내가 살아서 온 것을 보고 놀라면서 기뻐함이 그지없었는데, 배편으로 와서 맞이해가니 마침내 충원(忠原 : 지금의 충주)의 본참(本站)에 이르렀다. 다음날 아침은 곧 정축년(1637) 설날이었다.

나는 이 본참이 곧 내가 지켜야 할 곳이었기 때문에 들락날락 오래 머무르면서 오랑캐가 물러나기를 기다렸고, 날마다 사람을 시켜

길거리에서 산성의 소식을 살피도록 하였다. 2월 초에 비로소 남한 산성의 포위가 풀렸다는 소식을 듣고는 즉시 혼자 출발하였는데, 여러 수참을 두루 지나면서 흩어져 도망갔던 격군들을 불러 모으고, 버려두었던 배들을 수습하여 22일 오시(午時 : 오전 11시~오후 1시)가 지나서야 도성에 들어갈 수 있었다. 김신국 판서는 이미 교체되었고 이경직(李景稷)이 현재 그 직임을 수행하였는데, 내가 당초에 김 판서의 지휘를 받아 먼저 통진에 갈 수밖에 없었던 곡절을 알지 못했다. 그날 오전에 경솔히 앞질러서 파직(罷職)을 청하였는데, 끝내 스스로 그 곡절을 밝힐 수가 없었으니 어찌 운명이 아니리오.

아, 병자년의 난리는 실로 우리나라에서 전례 없던 큰 변란이었다. 그리고 나는 지위가 낮은 관리로서 수운(水運)의 일을 맡았다가 때마침 여러 행차들이 바다를 건너는 때에 다급하고 두서없는 모습을 목도하였고, 통진에서 본참으로 돌아오기까지 여러 차례 오랑캐 군사를 만났지만 다행히 온전할 수 있었다. 이것들은 내가 일찍이 온갖 어렵고 험한 일을 겪었던 것을 평소에 잊지 못하는 것이기 때문에 그 전말을 대략 기록하여 아이들에게 보일 뿐이다.

日 記

余於乙亥[1]春,　除京畿左道水運判官,[2]　供職[3]逾年矣。丙子冬十月, 戶曹[4]判書金公藎國,[5]　下帖[6]于本站,[7]　曰 : "站舡[8]無遺, 移泊通津.[9]"

---

1) 乙亥(을해) : 仁祖 13년 1635년.
2) 水運判官(수운판관) : 조선시대 경기도관찰사 예하에서 한강 수운을 담당하던 관직. ≪인조실록≫ 1633년 11월 7일조 1번째 기사에 의하면, 이 관직의 중요성을 언급하면서 참상관으로 제수하도록 되어 있다. 참상관은 6품 이상 종3품 이하의 벼슬로, 조회에 참석할 수 있었다. 이 책에 수록된 <謚狀>을 보면 어한명은 6품이었다.
3) 供職(공직) : 직무를 맡아 수행함.
4) 戶曹(호조) : 조선시대의 六曹 가운데 호구, 공부, 田糧, 食貨에 관한 일을 맡아보던 관아.
5) 藎國(신국) : 金藎國(1572~1657). 본관은 淸風, 자는 景進, 호는 後猜. 임진왜란이 일어났을 때 영남에서 의병 1천여 명을 모아 활동하자 조정에서 그를 참봉으로 봉하였고, 도원수 權慄의 종사관으로 활약하였다. 인조반정으로 광해군 때의 훈작을 삭제 당했다가 다시 평안도관찰사에 임명되어 後金의 침략에 대비하기 위해 城池의 수축, 군량의 비축 등에 힘썼고, 李适의 난 때 국문 당했으나 혐의가 없음이 밝혀졌다. 정묘호란 때에 호조판서로 李廷龜와 함께 금나라 사신과 和約을 협상했고, 병자호란 때는 남한산성에 들어가서 끝까지 싸울 것을 극력 주장했다. 이듬해 볼모로 가는 소현세자의 貳師로 瀋陽에 배종했다가, 1640년 귀국하여 耆老所에 들어갔다.
6) 下帖(하첩) : 상관이 아랫사람에게 체문(帖文)을 내려 보내던 일.
7) 站(참) : 水站. 전국 각지의 稅穀을 서울까지 배로 운반할 때, 중간에 배를 쉬게 하던 곳. 서울과 경기도의 주요 나루와 조운선이 왕래하는 곳에 설치하였다.
8) 站舡(참강) : 水站船. 漕運船의 水難을 막기 위하여 水路에서 앞장서서 引導하는 작은 배.

以爲本曹卜物,[10] 臨亂運致之地。本站依帖文，卽以站舡十餘隻，囬泊于通津新村海邊。而格軍[11]皆是忠原[12]等地居民，勢不可預，爲裏糧以待事變。只以舡隻，掛置于海邊，而使新村人，看護而已。

是年十二月十二日夕。西邊急報至。

十三日朝。判相坐賓廳,[13] 招余而言曰：“余於冬初，嘗有站舡移泊之帖，其已擧行否?” 余曰：“業[14]已擧行矣.” 判相曰：“事今急矣。君其親進舡所，本曹卜物，善爲護涉于江都.” 余對曰：“舡隻雖置海邊，格軍皆在遠地，無格之舡，如何以運用耶?” 判相曰：“勢固然矣。君須從便善處.” 余遂辭而退，當日午後發程，投露梁站，卽招下吏,[15] 收得若于人丁，達夜[16]奔馳。

十四日夕。到通津新村。村人漠然不知有邊報，余亦知有邊報而不知

---

9) 通津(통진) : 경기도 김포군 월곶면 곤하리에 있는 옛 邑. 한강 입구를 지키는 제1의 要害處로 군사·정치의 요충으로 발달했으나, 1914년 김포군에 병합된 뒤로는 그 중요성이 감소되었다.

10) 卜物(복물) : 소나 말 따위에 실어 나르는 짐.

11) 格軍(격군) : 조선 시대에, 沙工의 일을 돕던 水夫.

12) 忠原(충원) : 충청북도 忠州의 옛 이름.

13) 賓廳(빈청) : 조선 시대에, 비변사의 대신이나 당상관이 정기적으로 모여 회의하던 곳.

14) 業(업) : 벌써.

15) 下吏(하리) : 胥吏. 관아에 속하여 말단 행정 실무에 종사하던 구실아치.

16) 達夜(달야) : 밤을 새움.

緩急, 通宵不寐, 坐以待曙。

十五日朝。忽有一人馳馬過門者, 出問洛下[17]之報, 則答曰 : "昨日賊騎, 已到碧蹄. 大駕[18]・東宮,[19] 蒼黃自南大門, 欲向江都, 聞賊已踰沙峴,[20] 不得已閉城門, 改路向南漢。惟嬪宮[21]・元孫・兩大君[22]行次,

---

17) 洛下(낙하) : 지금의 서울 지방.

18) 大駕(대가) : 임금이 탄 수레라는 뜻으로, 여기서는 '임금'을 뜻하는 말.

19) 東宮(동궁) : 昭顯世子(1612~1645). 仁祖의 장자, 孝宗의 형이다. 1625년 세자로 책봉되었고, 부인은 姜碩期의 딸인 愍懷嬪 姜氏이고 보통 姜嬪이라고 부른다. 1636년 병자호란이 일어나 삼전도에서 청나라에 항복한 이후, 아우 봉림대군과 함께 청나라에 인질로 끌려갔다 돌아와 아버지 인조의 견제로 비참한 최후를 맞이했다.

20) 沙峴(사현) : 서대문구 현저동에서 홍제동으로 넘어가는 고개로서, 홍제동에 있는 모래내의 이름을 따서 붙여진 모래재를 한자명으로 표기한 데서 유래된 이름.

21) 嬪宮(빈궁) : 姜嬪(?~1646). 본관은 衿川. 우의정 姜碩期의 딸로서 소현세자의 嬪. 1637에 소현세자와 함께 볼모가 되어 瀋陽으로 갔다가 1645년에 귀국하였다. 같은 해에 세자가 죽자, 그 소생인 元孫이 폐위되고 鳳林大君이 세자로 책봉되었다. 1646년에 임금의 수라상에 독을 넣은 사건이 발생하자 그 사건의 주범으로 모함을 받아 3월에 사사되는 '강빈옥사'를 입었다. 이때 많은 朝臣들이 그 부당함을 반대하다 오히려 유배를 당하였다. 그 뒤 효종이 즉위하자 '강빈옥사'는 元孫을 제치고 세자로 책봉된 효종의 왕통에 저촉되는 일이기에 논의가 금지되었다. 숙종 1717년 영의정 金昌集의 발의로 신원되고 '愍懷嬪'으로 봉해졌다.

22) 兩大君(양대군) : 鳳林大君과 麟坪大君. 봉림대군의 본관은 全州, 이름은 淏, 자는 靜淵, 호는 竹梧. 인조의 둘째 아들이다. 비는 우의정 張維의 딸 仁宣王后이다. 1626 鳳林大君에 봉해졌다. 1636년 병자호란이 일어나자 인조의 명으로 아우 麟坪大君과 함께 비빈・종실 및 남녀 양반 들을 이끌고 강화도로 피난했다. 이듬해 강화가 성립되자, 형 昭顯世子와 斥和臣 등과 함께 청나라에 볼모로 갔다. 청나라가 山海關을 공격할 때 세자의 동행을 강요하자 이를 극력 반대하고 자기를 대신 가게 해달라고 고집해 동행을 막았다. 그 뒤 西城 등을 공격할 때 세자와 동행해 그를 보호하였다. 청나라에서 많은 고생을 겪다가 8년 만인 1645년 2월

僅得先出, 昨昏來宿通津地, 今當到此津頭關." 余曰 : "汝何妄言? 賊雖飛來, 昨日安得入城?" 其人曰 : "此何等事, 焉敢妄傳?"

余知其信然, 驚惶罔措, 涕淚自出。既而, 反而思之, 余所以來此者, 雖爲本曹卜物之運涉, 今者國家行次, 顚越至此, 而江華·通津等官, 時無一人來待者, 脫或賊兵猝至, 諸行次何以過涉? 當此之時, 身在舡所, 本曹卜物, 待候而不來, 國家行次, 已到而臨急, 臣子之義, 豈可以非已之任爲諉, 而不爲代行過步之事乎? 但念舡隻, 則雖有之, 舡格無一人可得。故遂卽招致居民數三輩, 諭之曰 : "今國家不幸, 敵兵猝至, 諸宮殿行次, 卽刻當到此, 而地方諸官, 未及來候, 船格從何辦得耶? 汝輩居在海濱, 必習操舟, 一番過涉之勞, 汝不得辭矣." 居民等, 聽若不聞, 似有退散之意, 余卽厲聲曰 : "汝曹獨非我國之民乎? 國有大變, 宮殿行次, 窘急23)至此, 而無意濟涉, 是何道理? 雖以常時言之, 居在津頭者, 見一行客, 日暮臨渡, 則人情獨不可恝視。況今國家行次, 臨亂到此, 汝安敢落落24)無濟涉之意耶?" 其中一父老,25) 應聲曰 : "進賜26)言誠然。吾屬

에 소현세자가 먼저 돌아왔고, 그는 청나라에 머무르고 있었다. 그 해 4월 세자가 갑자기 죽자 5월에 돌아와서 9월 27일에 세자로 책봉되었다. 1649년 인조가 죽자 창덕궁 仁政門에서 즉위하였다. 한편, 인평대군의 본관은 全州, 자는 用涵, 호는 松溪. 인조의 셋째아들이며 효종의 동생으로, 1628년 7세 때 麟坪大君에 봉해졌다. 1640년 볼모로 瀋陽에 갔다가 이듬해 돌아온 이후, 1650년부터 네 차례에 걸쳐 謝恩使가 되어 청나라에 다녀왔다.

23) 窘急(군급): 事勢가 꽉 막혀서 몹시 급함.
24) 落落(낙락): 작은 일에 얽매이지 않고 대범함.
25) 父老(부로): 한 동네에서 나이가 많은 남자 어른을 높여 이르는 말.
26) 進賜(진사): '나으리'의 이두.

敢不任此役乎?" 余卽使下人, 隨其人, 搜得一村男丁二十餘人, 並余所率下人四十餘名, 率徃津頭, 方以掛置之船, 下海修飾之際, 回望後山。有一行次, 着白衣草笠, 跨黑大馬而來。熟視之, 乃鳳林大君(孝宗大王潛邸[27]時號)也。

某卽趍進於前, 大君亦見某來, 先使人招之, 某卽拜謁于崖上村家柴扉外砧邊[28]。麟坪大君, 亦在其左矣。某仰見兩大君, 無坐席, 卽使人持方席進排, 而移時[29]不坐。某思之, 某雖微官, 俯伏凍地, 故似有不安就席之意, 遂取藁草[30]一束, 置余膝下, 則大君始就席。

某先進言[31]曰∶"賊兵之至, 一何急乎?" 大君下敎曰∶"安有如此事? 安有如此事?" 若是者再三。某又跪問曰∶"大駕出向何耶?" 曰∶"已向南漢山城." 因泣下數行。某亦嗚咽不能對, 大君曰∶"君爲誰也? 過涉事, 何以爲之?" 某對曰∶"小人卽左水運判官魚某。以戶曹卜物運涉事, 再昨聽堂上分付, 來到此地, 而今聞闕內行次急到, 已令修葺[32]舡隻以待矣." 曰∶"何時發舡渡海?" 某對曰∶"當待今日日中, 潮至水解, 然後乃可渡." 俄有一宮奴, 進言于大君前, 曰∶"行中, 頓乏斗升,[33] 今日朝

---

27) 潛邸(잠저)∶나라를 세우거나 임금의 친족에 들어와 임금이 된 사람의, 임금이 되기 전의 시기.
28) 砧邊(침변)∶'빨래터 가'의 의미인 듯. 砧은 다듬잇돌 침이란 뜻이나 정황상 빨래를 빨기 위해서 방망이로 두드리는 것을 형용한 것으로 보았기 때문이다.
29) 移時(이시)∶한참 동안.
30) 藁草(고초)∶볏짚.
31) 進言(진언)∶윗사람에게 자기의 의견을 말함.
32) 修葺(수즙)∶집을 고치고 지붕을 새로 이음. 여기서는 수리한다는 뜻이다.
33) 斗升(두승)∶아주 작은 수량의 곡식.

飯, 何以爲之?" 余聞言驚惕, 即招下隷, 搜所儲粮米一斗, 進呈[34]。

其時大君, 暫入柴扉內矣, 旋即[35]出臨, 致辭于某, 曰 : "判官送飯米, 多謝多謝." 某即拜辭而退, 更言于朝者募得格軍等, 曰 : "時事至此, 汝輩敢不爲國盡心乎?" 乃躬親點名,[36] 再三申飭者。盖以其時, 避亂諸人, 如市紛集, 恐其遑遑,[37] 臨急而散亡故也。大君又下敎曰 : "吾一行, 人馬甚衆, 舡二隻定送?" 某對曰 : "小人安敢計舡數而定送乎? 唯當蟻舡[38]待令而已."

如此之際, 又見一行, 成行步來。而其中一人, 着紫紬頭巾, 背負紫紬袱而來。使人問之, 乃肅寧殿[39](中宮魂殿)奉安行次也。尤極驚泣, 急令人必得草芚[40]數立, 排設于舡上, 則其一行, 即就舡焉。日旣向晚, 闕內行次, 來會舡所者, 不知其數, 皆以白衣, 掩面而坐, 上下混同, 莫辨貴賤。遍滿沙上, 白色如練, 盖以其時, 中殿小祥, 纔過而然也。

時有人來言 : "檢察使招邀.[41]" 檢察即金慶徵[42]也。余即隨其人往

---

34) 進呈(진정) : 물건을 자진해서 드림.

35) 旋即(선즉) : 곧바로.

36) 點名(점명) : 名簿의 이름을 차례로 점을 찍어 가며 부름.

37) 遑遑(황황) : 허둥지둥하는 모양.

38) 蟻舡(의강) : 蟻船. 출항할 준비를 마쳐서 부두에 대고 있는 배.

39) 肅寧殿(숙녕전) : 조선조 제16대 인조의 비 仁烈王后 韓氏의 魂殿. 혼전은 왕이나 왕비가 죽은 뒤 3년 동안 神位를 모시던 건물로 대개 궁 안에 세우게 되며, 3년이 지나면 신위는 宗廟에 옮기고 건물은 헐어버린다.

40) 草芚(초둔) : 띠·부들 같은 것의 풀로 거적처럼 엮어 만든 것.

41) 招邀(초요) : 불러서 맞아들임.

42) 金慶徵(김경징, 1589~1637) : 본관은 順天, 자는 善應. 昇平府院君 金瑬의 아들이다. 한성부판윤이었을 때 병자호란이 일어나자 강도검찰사에 임명되었다. 당시 섬에는 빈궁과 원손 및 鳳林大君·麟坪大君을 비롯해 전직·현직 고관 등 많은

見, 移時說話之際, 少無言及國家事, 或仰天而嘯, 或擧扇而揮, 曰：
"何以爲之? 何以爲之?" 如是而已。少頃, 德浦[43]僉使趙堪, 乘船來赴,
慶徵喜甚曰："此人所乘來船, 必是堅好, 吾家家屬, 可以乘此而濟矣."
堪又有所帶挾舡,[44] 余意以爲大君, 所乘站船, 板薄體小, 不若海船之堅
完, 故欲以移乘之意, 告于大君前, 趍往十餘步。慶徵大怒, 急使人呼
余, 曰："君何必奪吾家屬所乘之舡, 而欲納于大君前乎?" 余曰："吾之
所欲告於大君者, 乃堪之挾舡, 固非令公[45]家屬所載之船也。公何誤認
而生怒耶?" 慶徵怒猶未觧。其時右水運判官尹塏,[46] 始爲來到, 在傍目
余, 曰："兄可休矣。必生大事." 余尤不勝忿忿, 卽與尹塏退, 臥沙上
曰："慶徵受國厚恩, 身佩重任, 不念國家之急, 而只有保妻子之心。彼
尙如此, 况微官乎?" 已而, 大君行次, 將發舡向海口, 余不忍安坐, 卽使

사람이 피난해 있었다. 하지만 그는 혼자서 섬 안의 모든 일을 지휘, 명령해 대
군이나 대신들의 의사를 무시하였다. 또한 강화를 金城鐵壁으로만 믿고 청나라
군사가 건너오지는 못한다고 호언하며, 아무런 대비책도 강구하지 않은 채 매일
술만 마시는 무사안일에 빠졌다. 그러다가 청나라 군사가 침입한다는 보고를 받
고도 아무런 대비책을 세우지 않다가 적군이 눈앞에 이르러서야 서둘러 방어
계책을 세웠다. 하지만 군사가 부족해 해안의 방어를 포기하고 강화성 안으로
들어와 성을 지키려 하였다. 그런데 백성들마저 흩어져 성을 지키기 어렵게 되
자 나룻배로 도망해 마침내 성이 함락되었다. 대간으로부터 강화 수비의 실책에
대한 탄핵을 받았는데, 仁祖가 元勳의 외아들이라고 해 특별히 용서하려 했으나
탄핵이 완강해 賜死되었다.

43) 德浦(덕포)：通津에 있는 포구 이름.
44) 挾舡(협강)：큰 戰船이나 杉船에 딸린 작은 배.
45) 令公(영공)：지체가 높은 사람을 높여 이르는 말.
46) 尹塏(윤개, 1606~1671)：본관은 海平, 자는 元亮. 아버지는 尹履之, 할아버지는
    尹昉, 증조부는 尹斗壽이다. 1649년 현령이 되고 庭試文科에 급제하여 持平掌令
    을 거쳐 知中樞府事를 역임했다.

人招舟子[47]而言曰：“莫險海路，盡心護涉.”

厥後避亂之人，　一時爭渡海口，　諸舡無一空留者。回望後峴，　一馬轎[48]行次來到，乃嬪宮元孫行次也。馬轎無扶持軍,[49]　不能踰峴，余卽送下人五六名，護行以來，承旨韓興一,[50]　陪其後矣。

此時，只有站船一隻，而滿載卜馬，未及發舡，余卽向舡所，揮而下之。兩行次，皆得乘舡，而陪從[51]內人,[52]　爭先者不知其數。余在傍見，其舡小而所載之人極多，言于韓公，曰：“如此小舡，若是多載，莫險海路，何以渡涉?” 余又回看水勢，則潮水[53]已退，而船在沙渚，又言于韓，曰：“令公試看水勢，陸地行舟，其可以爲之耶?” 韓環舡而視之，不覺頓足曰：“將奈何? 將奈何?” 如此之際，日已昏暮，行次還爲下舡，止宿[54]于崖上村舍。

夜初更，有一人，自下處[55]來，急招余。余進往柴扉外，有內官，自持

---

47) 舟子(주자) : 뱃사공.
48) 馬轎(마교) : 馬轎의 오기. 말 위에 실려 있는 가마.
49) 扶持軍(부지군) : 부축하고 도와주는 호위군이란 뜻인 듯.
50) 韓興一(한흥일, 1587~1651) : 본관은 淸州, 자는 振甫, 호는 柳市. 아버지는 韓百謙이다. 병자호란이 일어나자 신주와 빈궁들을 강화도로 호위하였고, 좌부승지・전부부윤을 역임하였다. 1637년 鳳林大君(뒤의 효종)이 청나라에 볼모로 잡혀갈 때 배종하였으며, 귀국 후에는 우승지를 거쳐, 1643년 강원도관찰사로 나갔다.
51) 陪從(배종) : 임금이나 높은 사람을 모시고 따라가는 일.
52) 內人(내인) : 나인. 궁궐 안에서 왕과 왕비를 가까이 모시는 내명부를 통틀어 이르던 말. 엄한 규칙이 있어 宦官 이외의 남자와 절대로 접촉하지 못하며, 평생을 수절하여야만 하였다.
53) 潮水(조수) : 아침에 밀려들었다가 나가는 바닷물.
54) 止宿(지숙) : 어떤 곳에 머물러 잠.
55) 下處(하처) : 사처. 손님이 길을 가다가 묵고 있는 집.

馬靮而坐曰：“今夜當發舡。舡隻從速整齊.”云。余視內官，寒甚不能自
定，問其夕食與否，乃曰：“吾輩夕食，非所敢望，而嬪宮夕水刺，亦云
闕供.56)” 余聞極驚泣，而粮米進呈，亦涉猥濫，只將行中所齎薏苡57)數
升送，于內官曰：“令翁58)凍餒兼切，以此救一時之急，如何?” 內官卽
招宮人，入送余，仍往見韓興一及副察使李敏求,59) 曰：“俄見內官，又
使余整理舡隻，而朝者所募氏民丁,60) 則已入於大君行次。今則，非但
夜深，當此急難，通津之民，豈肯再聽吾言否? 此後，格軍一事，專責取
本官,61) 可也.”

出來之際， 適逢一騎馬客， 乃通津縣監蔡忠元62)也。余執其手而言
曰：“未知兄往何處而今始來到也。大君行次，吾雖已，探得舡格，艱卒
渡海。而兄則，胡不趁卽待令以盡己任耶?” 答曰：“下人欲置余於死地

---

56) 闕供(궐공) : 궁궐 등에 바치는 것을 못하게 됨.
57) 薏苡(억이) : 율무.
58) 令翁(영옹) : 구체적으로 누구인지 알 수 없으나, 빈궁을 가리키는 듯.
59) 李敏求(이민구, 1589~1670) : 본관은 全州, 자는 子時, 호는 東洲. 이조판서 李睟
   光의 아들이고, 영의정 李聖求의 아우이다. 병자호란 때 화의를 주장하다가 尹集
   의 논박을 받고 중지하였으며, 檢察副使가 되어 嬪宮을 호위하고 강화도에 들어
   갔다. 그런데 충청감사 鄭世規가 근왕병을 이끌고 왔다가 죽자, 남한산성의 조
   정은 이민구를 대신 충청감사로 임명했다. 하지만 강화도에서 나가면 죽을 것을
   염려하여 갖은 수단을 모두 동원하여 충청도로 부임하는 것을 회피했다. 하물며
   처삼촌인 전 영의정 尹昉의 힘까지 동원하여 끝내 부임하지 않은 것으로 알려졌
   다. 그리하여 화의 후에 돌아와 경기도관찰사가 되었으나 강화 함락의 책임으로
   영변에 귀양을 가서 圍籬安置되어 종시 풀리지 못하고 사망했다.
60) 民丁(민정) : 正軍 또는 軍保의 役을 감당할 수 있는 20세 전후의 남자를 말함.
61) 本官(본관) : 고을의 수령을 이르던 말.
62) 蔡忠元(채충원, 1598~1665) : 본관은 平康, 자는 元夫, 호는 病醜. 병자호란 당시
   通津府使로서 남한산성에 달려왔으나 그 뜻을 이루지 못하였다.

而然也." 因與相對, 略陳已往奔走之狀矣。

有頃, 有人急呼通津下人, 曰："宮人一行, 露處[63]於海上, 凍寒方甚, 速取火來." 通津曰："當此之際, 何由得炭?" 余曰："救急之火, 何必炭爲? 此處村落, 積草如山, 亦可以供火矣." 通津曰："然矣." 卽使厥下人, 取藁草數同,[64] 而縱火於沙際, 一行寒戰[65]之人, 一時屯聚, 而取煖焉。

此時, 嬪宮下處, 待令者, 惟韓李兩公而已。慶徵, 則俄於嬪宮乘舡之際, 仍不知去處矣。追後聞之, 則慶徵, 見嬪宮乘舡, 先就其家屬所載之舡, 而無事渡海云矣。以此韓李, 深恨其所爲。

夜將半, 余下人末報曰："鷄旣鳴矣。潮水且至." 余親往海邊見之, 使人急告于韓李兩令,[66] 曰："潮水正滿, 可及時渡矣." 韓李卽偕來舡所, 則舡隻多數掛置於沙渚, 而格軍無一人措備。兩宮行次, 亦自下處, 相繼離發。而通津倅及右道判官, 俱未及待令。韓李, 罔知所爲, 但言于余, 曰："何以爲之?" 余率下人, 巡視海邊, 則有數三人, 潛伏于僻處。使人捉致, 果是村氓, 而操舟之役, 可以需之云。余卽捉坐其人于韓李之傍, 曰："公可看察此人, 使不得逃避." 又窮搜海上, 捉得數三人而來, 曰："又加得一舡之格矣." 韓李皆曰："多幸多幸。前後所得之人, 並八人, 一舡各分四人." 韓公陪兩宮, 所乘之舡, 發向海口。其時風雪正急, 雲靄接天渺渺, 兩舡撑入于萬頃流澌中, 佇立沙際, 慘不忍見。

---

63) 露處(노처)：한데서 거처함.
64) 同(동)：굵게 묶어서 한 덩이로 만든 묶음.
65) 寒戰(한전)：오한이 심하여 몸이 떨리는 것. 여기서는 추위와 싸운다는 뜻이다.
66) 令(영)：'公'의 오기.

余亦達夜奔走, 飢寒並至, 若將澌盡, 仍欲退休, 來投寓所, 則夜已向曙矣。頹然困臥, 不省人事, 因以入睡矣。

十六日朝。又往見李副察於所住處, 問曰 : "曉頭, 兩宮行次, 果已無事, 過涉云耶?" 李曰 : "發行之後, 遇逆風, 幾危於流澌中, 堇能得脫, 回泊于孫梁項[67]矣." 余不勝驚駭, 卽趁往孫梁項, 審視之。

俄而, 風息利涉時, 則尹相國[68]昉,[69] 陪廟社而至, 金慶徵亦自越邊[70]還渡。江華留守張紳[71] · 通津縣監 · 右水運判官 · 德浦僉使等, 亦皆來, 會同時, 護涉焉。

余卽退還舡所, 而本曹卜物, 無一馱來到者, 卽欲往赴江華, 則當初職

---

67) 孫梁項(손량항) : 김포의 '손돌목'을 이르는 말.

68) 相國(상국) : 영의정, 좌의정, 우의정을 통틀어 이르는 말.(相臣)

69) 昉(방) : 尹昉(1563~1640). 본관은 海平, 자는 可晦, 호는 稚川. 尹塏의 할아버지이고 李敏求의 처삼촌이다. 1623년 인조반정 후 예조판서로 등용되고, 이어 우참판으로 판의금부사를 겸하다가 곧 우의정에 올랐다. 다시 좌의정으로 있을 때 李适의 난이 일어나자 이를 진압, 민심수습에 공헌했으며, 1627년 영의정이 되었다. 그해 정묘호란이 일어나자 인조의 피난을 주장해 강화에 호종했고, 영의정에서 물러나 판중추부사를 역임한 후 1631년 다시 영의정이 되었다. 1636년 병자호란이 일어나자 廟社提調로서 40여 神主를 모시고 嬪宮 · 鳳林大君과 함께 강화로 피난하였다. 그러나 신주 봉안에 잘못이 있었다는 탄핵을 받고 1639년 연안에 유배되었다가, 2개월 후 풀려나 다시 영중추부사에 기용되었다.

70) 越邊(월변) : 건너편 쪽.

71) 張紳(장신, 1595~1637) : 본관은 德水. 이조와 형조 판서를 지낸 張雲翼의 아들이고, 우의정을 지낸 張維의 동생이다. 1636년 강화유수로 전임되었다. 그 해 12월 병자호란을 당하여 江都방위를 맡게 되었는데, 전세가 불리하여지자 왕실과 노모를 버리고 먼저 도망하여 강도가 함락되었다. 사헌부에서 그를 참할 것을 주장하였으나 전일의 공로를 생각하여 자진하게 하였다.

掌72), 專在於卜物之運涉, 恐吾渡海之後, 卜馱或來, 則事極良貝,73) 故
留連數三日。而不知自處之如何, 乃招所率下人輩, 謂曰："汝輩皆家在
露梁,74) 不可不看護汝父母妻子, 汝輩可俱去矣." 下人輩, 皆泣且言
曰："當此急難之際, 置進賜於此處, 而身先散歸, 情所不忍." 余仍放歸
七八人, 只留入番者三四人, 與之逐日, 往看海上, 以待卜物之來, 且欲
觀勢, 渡海矣。

十九日朝。有荒唐人, 來于津頭, 問宮殿行次, 入海與否, 盖賊中偵探
人也。居民大駭, 村落一空。檢察, 自江都令, 渡涉諸舡, 無遺移泊于越
邊, 而掛置之舡, 一時放火燒盡。

余始以判堂,75) 指揮來此, 不得厦入於山城, 濡滯76)屢日。苦待卜物
之來, 而又值路絶於江都, 此後形勢, 惟當歸往站。所以待山城解圍, 趁
卽告由於判相, 則亦不失吾當已之責也。

逐於二十日朝, 發行自通津海邊, 到富平某村而宿。

二十一日朝。來投衿川77)樂羊村。

---

72) 職掌(직장)：담당하는 직무의 분담.
73) 良貝(낭패)：狼狽. 계획한 일이 실패로 돌아가거나 기대에 어긋나 매우 딱하게 됨.
74) 露梁(노량)：서울특별시 동작구의 노량진을 가리킴.
75) 判堂(판당)：堂上인 判書와 判尹을 통틀어 이르는 말.
76) 濡滯(유체)：막히고 걸리다는 뜻으로, 여기서는 지체하다는 의미.
77) 衿川(금천)：경기도 시흥.

有驅從[78]大立者，適逢其妻子於此地，其妻則號泣而隨之，其兒女牽衣而挽之。大立以鞭，毆其妻子，牽馬以從。其人之能斷於私情而有謙，於官上如此。後到安山風甲峴，以貿粮出去，路逢賊致死。○ 又有馬頭[79]愛福者，自亂初，從余往通津，自通津到江川，其間勤勞護行之功，有不可騰言。賊騎交橫於道路，而終始[80]得脫於死亡者，實賴此人之力也。及到江川，以推見其家屬，辭余而去，後被虜見殺云。○ 又有通引[81]莫鸞者，亂初使之，陪家兒行，護送于半槿桓，則渠以爲官主[82]家屬，不可棄諸中路，遂扶護至陰城本家，還到驪州。賊已充滿，遲留不得進，聞余到江川，即來現曰：“父母妻子，旣不得推見，寧從進賜主而同死生?” 其終始陪從之功，實非尋常，至今向余之誠不衰，可謂下輩中難得者也。噫! 余與此三人，同患難於萬死之中，故迨不能忘，并錄于此。

是日午後，到安山奴子家。

奴子輩，皆避入㫒怪島[83]穴。只恐兩奴在家，遂使之指導而行。暮到風甲峴，聞賊方鹵掠，於洞口，還投奴子家，夜將半又發行欲向㫒浦路。又聞賊在發路坪，乃從間道行，又聞賊留屯富國倉，不得已更還于奴子家。

---

78) 驅從(구종) : 벼슬아치를 모시고 따라다니던 하인.
79) 馬頭(마두) : 驛馬를 맡아보는 사람.
80) 終始(종시) : 끝내.
81) 通引(통인) : 경기·영동 지역에서 守令의 잔심부름을 하던 구실아치.
82) 官主(관주) : 노비를 소유한 원주인이나 臟物의 원래 임자를 말함, 여기서는 관의 벼슬아치를 의미한다.
83) 『신증동국여지승람』 제9권 「京畿·安山郡」에는 '吾叱耳島'로 있으며, '군의 서쪽 47리 되는 곳에 있다'고 설명하고 있다. 또 『세종실록』 1448년 8월 27일조 1번째 기사에도 '吾叱耳島'라는 기록이 있다. 이때 叱은 'ㅅ' 받침을 대신하는 것이다. 그런데 『호구총수』에 '烏耳島里'로 표기되어 있고, 『조선지형도』에는 오이도와 함께 '玉貴島'가 표기되어 있다. 따라서 이것들은 '옥귀섬'을 한자로 표기하는 과정에서 생겨난 현상들인 바, 본문의 '㫒怪島'도 옥귀섬의 한자어로 音借하여 표기한 것이라 할 수 있다. 한편, 옥귀섬은 조선시대에 안산군의 마유면에 속해 있었다.

二十二日。避入乭怪島能吉村。

　　留宿數日，更詳審其形勢，則此島乃連陸之地。賊若來犯，無路可經，故余
　　謂下人曰：“此處形勢如此，死生間發程，84) 可也.” 皆曰：“然.”

二十五日。夜半發行。

二十六日暮。到水原山城下，止宿。

二十七日。朝發向靑灰，暮投竹山85)某村而宿。

二十八日。凌晨發行，平明86)至太平院87)。

　　有一荒唐人，持弓矢，立於路左。視其形貌，似非我國人。余於馬上，呼而
　　問之曰：“賊兵時在何處?” 其人不能言，但曰：“彼山多多有之.” 聽其言，
　　決是可疑之人，無可奈何。卽回馬，從小路，著鞭88)而過。

　暮到忠州秣馬村，金重吉89)家留宿。

---

84) 發程(발정) : 길을 떠남.
85) 竹山(죽산) : 경기도 안성시 죽산면.
86) 平明(평명) : 해가 돋아 밝아질 때.
87) 太平院(태평원) : 경기도 안성 죽산의 동쪽 5리 되는 곳에 있던 숙소. 院은 조선
　　시대 정부에서 만든 관용숙소이다.
88) 著鞭(착편) : 채찍질을 함.
89) 金重吉(김중길) : 張光翰(1561~1624)의 서사위인 듯. 장광한은 嫡子 2명, 庶子 2
　　명, 庶女 4명이 있었는데, 장녀가 김중길에게 시집갔다고 한다. 이는 旅軒 張顯光
　　이 쓴 장광한의 묘지명에 보인다. 곧 김중길도 서자인 것으로 보여 행적을 알기
　　가 어려울 듯하다.

二十九日。早朝發行, 暮到興元倉,[90] 江邊招越邊站人。站人等見余, 得生而來, 驚喜不已, 持舡來迎, 遂抵忠原本站。翌日朝, 卽丁丑[91]元日也。

余以此站卽吾信地, 故出沒遲留, 以待賊退, 而日使人探候[92]山城消息於道路矣。二月初, 始聞解圍之報, 卽以單騎發行, 行歷諸站, 招集散亡之格軍, 收拾棄置之舡隻, 二十二日午時後, 始得入城。金判書已遞, 而李景稷[93]爲時任, 不知余當初聽金判書指揮, 而先往通津委拆[94]。是日午前, 徑先[95]請罷, 終無以自伸, 豈非數耶?

噫! 丙子之亂, 實我國無前之大變。而余以微官任事津頭, 適當諸行次渡涉之日, 目覩蒼黃顚沛之狀, 自通津還站之際, 累逢賊兵, 幸而得全。此余平生所嘗艱險而不能忘者, 故略記顚末, 以示兒輩云爾。

---

90) 興元倉(흥원창) : 강원도 원주 남쪽 30리 蟾江 北岸에 있었음.
91) 丁丑(정축) : 1637년.
92) 探候(탐후) : 적정을 염탐하고 정찰함.
93) 李景稷(이경직, 1577~1640) : 본관은 全州, 자는 尙古, 호는 石門. 영의정을 지낸 李景奭의 형이다. 李恒福과 金長生에게 배웠다. 1622년에는 가도에 주둔한 명나라 장수 모문룡을 상대하는 임무를 수행하였으며, 병자호란 때에도 초기에 최명길을 따라 청나라 군의 부대로 찾아가 진격을 늦춤으로써 국왕을 피신시키는 등 주로 청나라 장수를 상대하는 일을 맡았다.
94) 委拆(위탁) : 曲折. 순조롭지 아니하게 얽힌 이런저런 복잡한 사정.
95) 徑先(경선) : 경솔히 앞질러 행하는 버릇이 있음.

　앞은 고(故) 수운판관(水運判官) 어공(魚公 : 어한명)이 병자년(1636) 때의 일을 기록한 것인데, 공의 증손 어유봉(魚有鳳 : 자 舜瑞)이 나에게 보여주었다. 나는 생각건대, 세상의 교화가 쇠퇴해지니 사대부들이 이익만 알고 의리는 제대로 알지 못하여 변고를 한번이라도 만나면 각기 제 몸만을 생각할 것이다. 비록 그 맡은 일이 관계있을지라도 또한 시일을 미루며 관망만 할 뿐인데다 온 힘을 다하려하지 않고, 심지어는 간혹 팽개쳐 버려둔 채로 꿩이나 토끼처럼 달아나는 자가 많을 것이다. 더구나 맡은 일이 아닌 이외의 것에 온 힘을 다하여 충성을 바쳐서 나라의 위급함을 구제하는데 공이 했듯이 하는 것은 어찌 더욱 어렵지 아니하랴. 그러나 사태가 평정된 때에 도리어 행재소(行在所 : 남한산성을 일컬음)로 가지 않았다 하여 죄를 받았지만, 그 충성과 공로의 실상은 한평생을 다하고 세상을 떠날 때까지 밝혀지지 않았으니, 공이야 비록 스스로 원망하거나 후회하지 않았을지라도 또한 어떻게 세상 사람들에게 충성하라고 권면할 것이랴.

　삼가 듣건대, 공이 죽은 후에 효종대왕(孝宗大王)이 일찍이 경연(經筵)에서 말씀하시다가 강도(江都)의 일에 미치자 물으시기를, “그 당시에 어떤 수운판관 덕분에 쉽게 건널 수 있었는데, 그의 성명이 무엇인지 알지 못하는가?” 하셨는데, 연신(筵臣 : 경연에 관계하던 벼슬아치)들이 모두 대답하지 못했고, 또 다른 날에도 재차 물으셨지만 역시 그러했다고 한다. 옛날 당(唐)나라의 선종(宣宗)이 백민중(白敏中)에게 묻기를, “헌종(憲宗)의 장례를 치를 때 길에서 비바람을 만나 백관(百官)들은 모두 피했지만 오직 산릉사(山陵使)로 나이 많고 수염 많은 자만은 영구(靈柩)를 실은 수레를 붙들고 놓지 않았다는데, 누구인지 알지 못하는가?” 하자, 백민중이 영호초(令狐楚)라고 대답했다. 이에 그의 아들 영호도(令狐綯)를 지제고(知制誥)로 발탁하였다. 공이 나라가 위급하고 어려운 때에 바친 충성을 어찌 비바람을 만나 영구 수레를 붙들고 있었던 것에 비길 수 있으랴. 그리고 성스러운 우리 효종대왕께서 오래된 뒤에라도 하문(下問)하신 것은 그 뜻이 또한 어찌 우연한 것이겠는가? 애석하게도 조정의 신하들이 끝내 그 뜻을 받들어 백성들에게 널리 알리려는 자가 있지 않아서, 충성을 잊지 않고 장려하려던 효종대왕의 뜻이 막혀 이루어지지 않았으니 더욱 개탄할 일이다.

병술년(1706) 동짓달 상순에 안동(安東) 김창협(金昌協)이 삼가 쓰다

김경징(金慶徵)의 일은 야사(野史)에 기록된 것을 많이 보았다. 그러나 간혹 전해들은 것은 지나치게 깎아내린 것이라는 의심이 없지 않았는데, 유독 공만이 그 목격한 바를 기록하였으니 가장 명백하여 믿을 수가 있다. 다른 것은 논할 것 없이 다만 배를 다툰 일 하

나만으로도 그 불충(不忠)과 불손(不遜)을 볼 수 있으니, 죄가 하늘에까지 사무치리라. 공의 하인 3인이 위험을 무릅쓰고 공무(公務)를 받들며 시종일관 배반하고 떠나가려 하지 않은 것과 그를 비교하면 어찌 단지 천양지차일 뿐이겠는가. 3인 가운데 대립(大立)이 한 일은 더욱 기특했으니, 이는 아무리 사군자(士君子)가 의를 행하는 데에 용감하여도 또한 간혹 어렵게 여겼을 일이다. 나는 그들이 미천하여 끝내 세상에 전해지지 않는 것을 안타깝게 여겨, 이에 그 일을 간추리고 끝에다 한마디의 말을 기록하여서 후세 사람들에게 참고거리가 있게 하려는 바다.

또 쓰다

공의 하인 대립이 길에서 그의 처자식들을 만났는데, 그의 처는 울부짖으며 따라오고 사내아이와 딸아이는 옷을 붙잡아 끌며 만류하였다. 대립은 채찍으로 그 처자식들을 때려 물리치고는 말을 끌고 뒤따랐다고 한다.

後記[1]

　右, 故運判魚公所記丙子時事, 公曾孫有鳳舜瑞[2]以示余。余惟世敎衰, 士大夫知利而不知義, 一遇變故, 各私其身。雖其職事所在, 亦且遷延觀望, 不肯盡力, 甚或棄而去之, 如雉兎逃者多矣。況能於職事外, 出力效忠, 以濟國家之急, 如公之爲者, 豈不尤難哉? 然而事定之日, 反以不赴行在[3]獲罪, 而忠勞之實, 沒世[4]不白, 公雖不自怨悔, 亦何以勸世之爲忠者哉?

　竊聞公沒後, 孝宗大王嘗臨筵, 語及江都事而曰 : “其時賴一運判, 得以利涉矣, 不知其姓名爲誰?” 筵臣[5]皆莫對, 他日再問, 亦然云。昔唐宣宗,[6] 問白敏中[7] : “憲宗喪, 道遇風雨, 百官皆散, 唯山陵使, 長而多

---

1) 후기(後記) : 원래 제목이 없으나, 金昌協의 ≪農巖集≫ 권25 '題跋'에 <魚判官漢明丙子江都津頭日記後>라고 되어 있어 이를 반영한 것임.

2) 舜瑞(순서) : 魚有鳳(1672~1744)의 字. 본관은 咸從, 호는 杞園. 水運判官 魚漢明의 증손으로, 할아버지는 경기도관찰사 魚震翼이고, 아버지는 한성부우윤 魚史衡이며, 어머니는 柳椐의 딸이다. 景宗의 장인 魚有龜의 형이다. 金昌協의 문인이다. 당대의 학자로 명망이 높았으며 학문적으로는 이른바 洛論으로서 權尙夏의 문인 李柬의 人物性同論을 지지하였다.

3) 行在(행재) : 行在所. 임금이 궁을 떠나 임시로 머무르던 곳.

4) 沒世(몰세) : 한평생을 다하고 세상을 떠남.

5) 筵臣(연신) : 經筵에 관계하던 벼슬아치.

6) 唐宣宗(당선종) : 중국 당나라 제16대 황제. 아버지는 憲宗, 어머니는 孝明皇后로

髥者，攀靈[8]駕不去，不知誰也?” 敏中以令狐楚[9]對。遂擢其子綯知制誥[10]。公之效忠急難，豈直風雨攀駕之比? 而我聖祖，垂問於遠久[11]之後者，其意亦豈偶然哉? 惜乎! 廷臣[12]竟莫有對揚[13]者，使聖祖不忘奬忠之意，閼而不遂，其尤可慨也已。

丙戌[14]至月[15]上旬，安東金昌協[16]謹書。

金慶徵事，見於野史所記多矣。然或得於傳聞，不無溢惡之疑，獨公記其所目覩，最端的可信。未論其他，只爭舟一事，亦見其不忠無狀[17]，

穆宗의 이복동생이다. 비슷한 또래의 이복 조카 文宗, 武宗이 연이어 독살 당하자 846년 제16대 황제의 지리에 오르게 되었다. 唐나라의 황제 중 마지막 유능한 황제였다고 평가되고 있다.

7) 白敏中(백민중) : 白居易이 사촌 아우. 宣宗이 즉위하자 병부시랑동중서문하평장사로 중서시랑에 오른 뒤 형부상서를 겸했다.

8) 靈(영) : 靈柩. 시체를 담은 관.

9) 令狐楚(영호초) : 당나라 화원 사람. 5세 때 글을 짓고 약관에 진사에 급제하여 左拾遺, 하남절도사, 동평장사 등을 역임했다.

10) 知制誥(지제고) : 왕의 詔書나 敎書 따위의 글을 기초하여 바치는 일을 맡아보던 벼슬.

11) 遠久(원구) : ‘久遠’의 오기.

12) 廷臣(정신) : 조정에서 벼슬하는 신하.

13) 對揚(대양) : 신하가 임금의 명을 받들어 그 취지를 백성에게 널리 알림.

14) 丙戌(병술) : 肅宗 32년인 1706년.

15) 至月(지월) : 동짓달.

16) 金昌協(김창협, 1651~1708) : 본관은 安東, 자는 仲和, 호는 農巖·三洲. 좌의정 金尙憲의 증손자이고, 영의정을 지낸 金昌集의 아우이다. 아버지는 영의정 金壽恒이며, 어머니는 安定羅氏로 해주목사 羅星斗의 딸이다. 학문적으로는 李滉과 李珥의 설을 절충하였고, 그의 문장은 단아하고 순수하여 歐陽修의 정수를 얻었으며, 그의 시는 杜甫의 영향을 받았지만 그대로 모방하지 않고 고상한 시풍을 이루었다. 이 후기는 1706년 그의 나이 56세에 지은 것이다.

17) 無狀(무상) : 아무렇게나 함부로 행동하여 버릇이 없음.

罪通於天矣。其視公之傔隸三人，冒危難以奉公，終始不肯背去者，豈直天壤之懸？　三人中大立所爲尤奇，是則雖士君子勇於義者，亦或難之矣。余惜其人微而卒無傳於世也，遂劣取其事，錄于簡末，使後來者有考焉。

又書。

公驅從大立，路逢其妻子，其妻則號泣而隨之，兒女牽衣而挽之。大立以鞭毆其妻子，而牽馬以從云。

발
跋

　내가 젊어서 선배 어른들을 좇아 지냈을 때, 듣건대 인조(仁祖) 초기에 많은 선비들이 훌륭하였고 성균관 유생의 우두머리는 반드시 당대에 으뜸인 선비들 가운데서 선발했는데, 이때 수운판관(水運判官) 어공(魚公)이 이름난 진사로서 성균관의 의론을 주장하여 명성과 덕망이 자자하였다고 한다. 나는 일찍이 가르침을 입었지만 직접 한 번도 찾아뵌 적이 없어서 한스러웠는데, 지금 그의 증손자 순서(舜瑞 : 魚有鳳의 字)로 말미암아 공의 병자강도일기(丙子江都日記)를 볼 수 있어서 더욱 나도 모르게 감탄하였다. 진실로 평소 의리와 이해를 구분하는 데에 본디 밝은 분이 아니라면, 국난을 당하여 다급한 때에 어찌 맡은 일이 아닌 이외의 것에 온 힘을 다하여 충성을 바친 것이 이와 같을 수 있겠는가? 기리어 숭상하고 발탁하여서 충성스럽고 의리 있는 선비를 떨치고 일어나게 함이 마땅한데도, 공이 스스로 자랑하지 않았으니 세상에 아는 자가 없었다. 심지어 성스러운 우리 효종대왕(孝宗大王)께서 여러 차례 물으셨지만 그 뜻을 받들어 백성들에게 널리 알리려는 자가 있지 않았고, 끝내 당시의 충성과 공로를 무지몽매하여 드러내지 못했으니, 아! 그 또한 개탄스러운 일이다. 나는 때문에 들추어내어서 후세 사람들에게 보이는 바이다.

갑오년(1714) 양월(陽月 : 10월) 상순에
안동(安東) 권상하(權尙夏)가 삼가 쓰다

跋[1]

余少從先輩, 聞仁廟初載, 多士思皇,[2] 賢關[3]執耳,[4] 必極一時之選,

時則判官魚公, 以名進士, 主張齋論,[5] 聲望[6]藹蔚。余嘗嚮風,[7] 而恨未

及一拜, 余[8]因其曾孫舜瑞,[9] 得見公丙子江都日記, 益不覺欽歎。苟非

---

1) 발(跋) : 원래 제목이 없으나, 權尙夏의 ≪寒水齋先生文集≫ 권22에 <運判魚公丙
   子江都日記跋>라고 되어 있어 이를 반영한 것임.
2) 多士思皇(다사사황) : ≪시경≫<文王> 셋째 장의 "빛나는 많은 인재들이 이 왕
   국에서 나왔도다. 왕국에서 제대로 인재를 내었나니 주나라의 동량이 되리로다.
   많은 훌륭한 인재들이 있으니 문왕이 이 때문에 편안하시리라.(思皇多士, 生此王
   國. 王國克生, 維周之楨. 濟濟多士, 文王以寧.)"에서 나온 말.
3) 賢關(현관) : 어진 선비를 기르는 곳을 이르는 말인데, 여기서는 태학 곧 성균관
   의 별칭으로 쓰임. ≪漢書≫ 권56 <董仲舒傳>에 "태학은 현자가 진출하는 관문
   이고 교화의 본원이다." 하였다.
4) 執耳(집이) : 일반적으로 어떤 일을 주도하여 영도적인 지위에 있는 사람을 가리
   키는 말. ≪春秋左氏傳≫ 哀公 17년 조의 "제후가 맹약하는 자리에 누가 쇠귀를
   잡을 것인가.(諸侯盟, 誰執牛耳?)"에서 나온 말이다.
5) 齋論(재론) : 성균관에는 東齋와 西齋가 있었기 때문에, 성균관의 의론을 일컬음.
   동재는 성균관의 명륜당 동쪽에 있던 집이며, 서재는 서쪽에 있던 집으로, 둘
   다 유생이 거처하고 공부하는 곳이었다.
6) 聲望(성망) : 명성과 덕망을 아울러 이르는 말.
7) 嚮風(향풍) : 바람이 쓸고 지나간다는 뜻으로, 風化를 입었다는 말. 풍화는 교화
   와 같은 의미이므로 곧 가르침을 입었다는 의미이다.
8) 余(여) : 권상하의 ≪寒水齋先生文集≫ 권22 <運判魚公丙子江都日記跋>에는 '今'
   으로 되어 있어, 이를 따름.
9) 舜瑞(순서) : 魚有鳳(1672~1744)의 字.

平日素明於義利之分者，　臨難倉卒，　烏能出力效忠於職事之外若是哉?
是宜褒尙拔擢，　以興起忠義之士，　而公不自伐，10)　世無知者。至於聖
祖11)臨筵屢問，而莫有所對揚，12)　終使當日之忠勞，闇昧13)而不章，嗚
呼! 其亦可慨也已。余故表而出之，以示來後。

甲午14)陽月 15)上澣，安東權尙夏16)謹書。

---

10) 不自伐(불자벌) : 스스로 자랑하지 않음. ≪논어≫<雍也篇>의 "맹지반은 제 공
　　을 자랑하지 않았다. 싸움에 져 후퇴하자 맨 뒤에서 적을 막았고, 성문에 가까
　　이 이르자 말을 채찍질하면서 '일부러 처져 오려던 것이 아니었는데 말이 달리
　　려 하지 않았다.'말했다.(孟之反, 不伐. 奔而殿, 將入門, 策其馬曰 : '非敢後也, 馬不
　　進也.')"에서 나온 말이다.
11) 聖祖(성조) : 성왕의 조상을 뜻하는데, 여기서는 효종을 일컬음.
12) 對揚(대양) : 신하가 임금의 명을 받들어 그 취지를 백성에게 널리 알림.
13) 闇昧(암매) : 蒙昧. 어리석고 사리에 어두움.
14) 甲午(갑오) : 肅宗 40년인 1714년.
15) 陽月(양월) : 음력 10월을 달리 이르는 말.
16) 權尙夏(권상하, 1641~1721) : 본관은 安東, 자는 致道, 호는 遂菴·寒水齋. 宋浚吉
　　·宋時烈의 문인이다. 송시열의 제자 가운데 金昌協·尹拯 등 출중한 인물이 많
　　았으나, 권상하는 스승의 학문과 학통을 계승하여 훗날 '師門之嫡傳'으로 불릴
　　정도로 송시열의 수제자가 되었다. 이와 같은 학파적인 위치로 인하여 정쟁의
　　소용돌이에 휘말렸다. 1703년 찬선, 이듬해 호조참판에 이어 1716년까지 13년
　　간 해마다 대사헌에 임명되었으며, 그 밖에도 1705년 이조참판과 찬선, 1712년
　　판윤과 이조판서, 1717년 좌찬성·우의정·좌의정, 1721년 판중추부사에 임명
　　되었으나, 사직소를 올리고 나가지 않았다.

공의 이름은 한명(漢明), 자는 여량(汝亮)이다. 함종어씨(咸從魚氏)는 우리 조선조에 들어와서 변갑(變甲)이란 분이 집현전 직제학(集賢殿直提學)을 지냈다. 효첨(孝瞻)은 판중추부사(判中樞府事)를 지내고 시호는 문효(文孝)이며, 세공(世恭)은 호조판서를 지내고 시호는 양숙(襄肅)인데, 모두 문장과 공덕으로써 세상에 알려졌다. 증조의 이름은 계선(季瑄)인데 의정부 좌참찬(議政府左參贊)을 지내고, 할아버지의 이름은 운해(雲海)인데 평창군수(平昌郡守)를 지내고 이조참판(吏曹參判)에 추증되었고, 아버지의 이름은 몽린(夢麟)인데 동몽교관(童蒙敎官)을 지냈다. 광해군의 정사가 어지러워지자 은거하고 벼슬하지 않았는데, 뒤로 승정원 좌승지(承政院左承旨)에 추증되었다. 어머니는 전주 류씨(全州柳氏)로 부정(副正 : 군기시 부정) 류영성(柳永成)의 따님인데 숙부인(淑夫人)에 추증되었다.

공은 만력(萬曆) 임진년(1592) 정월 22일에 태어났는데, 어려서부터 지극한 성품이 있었다. 겨우 6세였을 때 공의 어머님께서 친정 아버님 부정공(副正公)의 청풍(淸風) 임소에서 돌아가셨는데, 공은 직접 제사에 참여하여 슬퍼하기를 어른 못지않았다. 하루는 큰물이 져서 밀려와 관아의 건물이 갑자기 잠겼을 때 사람들은 공이 있는 곳을 알지 못했는데, 공은 혼자 사당에 들어가 어머님의 신위(神位)를 받들고 나왔으니 이를 본 사람들이 기이하게 여겼다.

자라면서 소암(疎庵) 임숙영(任叔英)에게 수업하면서부터는 글재주가 날로 진전되더니, 무오년(1618)에 진사가 되었다. 인조(仁祖)께서 반정(反正)하여 조정과 민간이 맑고 밝아져서 선비들의 의론[士論]이 크게 일자, 공이 우두머리로서 태학(太學 : 성균관)의 의론을 맡아서 권면하고 징계하는 것이 공정하고 엄하니 성균관이 고요하고 엄숙하였다. 때마침 한림학사(翰林學士)의 선발을 주관하는 사람이 거기에 합당한 사람을 찾기가 어려워서 문정공(文靖公) 이명한(李明漢)에게 물으니, 이공이 말하기를, "어 아무개가 있는데 우선 때를 늦추어야 하오."라고 했다. 그 당시 공은 생원시(生員試 : 소과)에 합격하였다고 하나 대과에는 끝내 급제하지 못하니, 조정의 의론[朝論]이 애석하게 여겼다.

기사년(1629) 광릉(光陵 : 세조와 그의 왕비 능) 참봉(參奉)에 제수되었고 제용감 부봉사(濟用監副奉事)에 천거되었으며 상의원 부직장(尙瑞院副直長)을 거쳤는데, 이윽고 품계가 6품으로 올라 경기좌도 수운판관(京畿左道水運判官)이 되었다. 병자년(1636) 겨울에 북쪽 오랑캐가 쳐들어왔을 때, 공은 참선(站船)을 띄워 통진(通津)에 가서 탁지(度支 : 戶曹)의 화물을 강화도로 운송하는 것을 맡고 있었다. 서울에서 소식이 급박하게 이르렀는데, 오랑캐 군대가 이미 서교(西郊 : 모래내)에 들이닥쳐서 임금이 타신 대가(大駕)가 도성을 떠났다고 하였다. 또 빈궁(嬪宮)과 원손(元孫) 및 대군(大君) 등이 난리를 피하여 곧 그

곳을 거쳐 강화도로 들어가려 한다는 것을 들었다.

마침 날씨가 추워서 나루에 매여 있는 배는 겨우 10여 척이었고, 뱃사공은 모두 모이지 않았다. 공은 마침내 근처 시골 백성들을 불러놓고 비분강개하여 말하기를, "국토를 지켜야 하는 신하들로서 지금 한 사람도 이곳에는 나라의 분부를 기다리는 자가 없으니, 피란하는 국가의 행차가 엎어지며 쓰러지며 이곳에 당도한다 해도 장차 어떻게 험한 나루를 쉬 건너시게 할 수 있겠느냐? 우리들은 나라의 두터운 은혜를 입었으니, 어찌 맡은 직책이 아니라고 해서 편히 앉아만 있을 수 있단 말이냐? 너희들은 마음과 힘을 한결같이 다하여 기다릴 것이지 흩어져 달아나지 말라." 하니, 그 사람들은 다 울며 "예" 하였다.

이윽고 봉림대군(鳳林大君)이 흰옷에 초립(草笠)을 쓰고 큰 흑마(黑馬)를 타고 왔다. 봉림은 효종께서 아직 왕이 되기 전의 관작(官爵)의 칭호인데, 이때 어머님 중궁마마의 상이 다 마치지 않았기 때문에 옷을 길복(吉服 : 보통 옷)으로 갈아입지 못했던 것이다. 공은 곧 대군 앞에 나아가 알현했는데, 인평대군(麟坪大君)도 그 왼쪽에 있었다. 공은 봉림대군이 땅바닥에 앉은 것을 보고는 사람을 시켜 방석을 가져와 바치도록 했는데, 봉림대군은 공도 땅바닥에 앉은 것을 보고는 한참 동안 방석에 앉지 않다가, 공이 이에 볏짚을 가져다 무릎 밑에 깔은 뒤에야 비로소 앉았다. 공이 묻기를, "오랑캐 군사가 들이닥치는 것이 어찌 이리도 급하옵니까?" 하니, 봉림대군은 "어찌 이런 일이 있단 말인가? 어찌 이런 일이 있단 말인가?" 하였다. 공이 또 꿇어앉은 채로 묻기를, "지금 주상께서는 어디에 계시나이까?" 하니, 봉림대군은 "이미 남한산성으로 돌아가셨도다." 하고는 이어서 눈물을 주르륵 흘리자, 공도 역시 눈물을 흘리며 감히 쳐다볼 수가 없었다. 공은 대군들의 조반끼니가 없음을 알고서 쌀 한 말을 갖다가 바치자, 대군들이 다 칭찬하였다. 얼마 지나서 액정인(掖庭人 : 액정서에 소속된 하인)들이 인열왕후(仁烈王后)의 혼전(魂殿)과 위판(位版)을 받들어 짊어지고 걸어서 오니, 공이 더욱 놀라 울면서 초둔(草芚 : 풀로 엮은 거적)을 구하여 배 위에 깔아놓고 편히 모시도록 했다. 공은 이미 인부(人夫)를 구하여 거느리도록 해놓고 또 오가며 바닷물이 들어오기를 기다렸다가, 두 대군이 배에 오르게 되었을 때 또 감히 소홀히 해서는 안 된다고 엄히 타일렀다. 이때는 위급한 때이니 고을사람들은 모두 피난하여 사방으로 흩어졌으나, 공이 모집한 인부들은 끝내 단 한 사람도 피하여 도망한 사람이 없었다. 다음날 또 빈궁(嬪宮)과 원손(元孫)을 받들어 배를 띄웠고, 직접 스스로 손돌목[孫石灘 : 강화도의 항구]까지 뒤따라갔다가 무사히 정박한 것을 안 뒤에 돌아왔다. 다음해에 재상(宰相)은 공이 행재소에 가지 않은 것으로 잘못 알고 파직시킬 것을 아뢰었으나, 공은 이를 변명하지 않고 곧장 충청북도 고향(故鄕 : 음성)으로 돌아갔다.

그 이후로 학업을 폐하고 다시는 벼슬살이를 하지 않다가 무자년(1648) 11월 14일에 죽었으니 향년 57세였다. 고양(高陽)의 선영 아래에 묻었다. 부인은 안동 권씨(安東權氏)로 참봉 권숙(權俶)의 따님인데, 4남 2녀를 두었다.

아들로 진열(震說)은 정랑(正郞 : 병조정랑)을, 진익(震翼)은 감사(監司 : 충청도와 강원도 관찰사를 지냄)를, 진석(震奭)은 진사첨지(進士僉知)를, 진척(震陟)은 정랑(正郞 : 공조정랑)을 지냈으며, 딸들은 허훈(許塤)과 양석구(梁錫九)에게 각각 시집갔다. 정랑(正郞 : 1남 어진열)은 외아들 사직(史直)이 일찍 죽고 후손이 없어서 사주(史周)를 양자로 들였는데 첨정(僉正)을 지냈다. 감사(監司 : 2남 어진익)는 외아들 사형(史衡)이 우윤(右尹 : 한성부 우윤)을 지냈고, 측실에서 두 아들 사신(史愼)과 사룡(史龍)이 있었다. 첨지(僉知 : 3남 어진석)는 세 아들이 있었는데, 승지를 지낸 사휘(史徽)와 현감을 지낸 사경(史經) 및 사강(史綱)이다. 정랑(正郞 : 4남 어진척)은 세 아들이 있었는데, 진사를 지낸 사하(史夏)와 문과에 급제한 사상(史商) 및 사주(史周)이다. 증손과 현손 이하에서도 고관벼슬아치와 이름난 사람들이 많았는데 지금까지 끊어지지 않고 있다.

공은 인물이 희멀끔하고 풍채가 훌륭하며, 너그러운 도량과 재주가 있어서 사람들은 모두 원대한 포부를 이룰 것으로 기대하였다. 파직되어 고향에 돌아가게 되었을 때에 공은 비록 스스로 원망하거나 후회하지 않았을지라도, 세상의 충성하려는 사람들을 돌아볼 때 장차 권장할 수 없게 되었기 때문에 논하는 사람들이 그것을 비통하게 여겼다. 공이 죽은 뒤로 효종대왕(孝宗大王)이 경연(經筵)에서 말씀하시다가 강도(江都)의 일에 미치자 물으시기를, "그 당시에 어떤 수운판관 덕분에 쉽게 건널 수 있어서 매우 다행이었는데, 그의 성명이 무엇인가?" 하셨는데, 좌우에 있던 신하들이 모두 대답하지 못했고, 또 다른 날에도 재차 물으셨지만 역시 그러했다고 한다.

공은 이전에 자손들이 존귀해짐에 따라 거듭 추증되어 자헌대부(資憲大夫) 의정부 좌참찬(議政府左參贊)이 되었다. 금상(今上 : 純祖) 16년 병자년(1816)은 병자호란이 일어난 지 세 번째의 60주년이기 때문에 조정은 그 당시 충의(忠義)로 공로가 있는 사람을 찾아다니며 조사하였다. 이에, 유생들이 비로소 공의 일을 금상께 아뢰면서 시호(諡號)를 내리시어 표창해주시기를 간청하니, 금상이 좋다고 전교하셨다. 공의 후손 어재황(魚在璜) 등이 이 남공철(南公轍)에게 와서 시장(諡狀)을 써달라고 청하였다. 일찍이 공이 쓴 강도일기를 본 적이 있는 농암(農巖) 문간공(文簡公) 김창협(金昌協)과 수암(遂菴) 문순공(文純公) 권상하(權尙夏)의 발문(跋文)에 모두 그 충성과 공로를 일컬은 것이 매우 상세하다. 문순공은 "이름난 진사로서 선비의 의론을 주장하여 명성과 덕망이 자자하였는데, 내가 일찍이 가르침을 입었지만 직접 한 번도 찾아뵌 적이 없어서 한스러웠다."고 했으며, 문간공은 또 김경징(金慶徵)이 배를 빨리 타려고 다툰 일을 자세히 논하면서 공의 하인 세 사람이 보여준 의리를 함께 열거하며 그들이 미천하여 끝내 세상에 전해지지 않은 것이 안타깝다고 하셨다. 두 선생의 말씀을 보면 공을 알 수 있거늘 어찌하여 쓸데없는 군더더기 말을 하랴. 옛날 당(唐)나라 선종(宣宗)이 백민중(白敏中)에게 묻기를, "헌종(憲宗)의 장례를 치를 때 길에서 비바람을 만나 백관(百官)들은 모두 피했지만 오직 산릉사(山陵使)로 나이 많고 수염 많은 자만은 영구(靈柩)를 실은 수레를 붙들고 놓지 않았다는데, 누구인지 알지 못하는가?” 하자, 백민중이 영호초(令狐楚)라고 대답했다. 이에 그의 아들 영호도(令狐綯)를 지제고(知制誥)로 발탁하라는 조서가 내려졌다.

아아, 공이 나라가 위급하고 어려운 때에 바친 충성을 어찌 단지 비바람을 만나 영구 수레를 붙들고 있었던 것에 비길 수 있으랴. 그러나 조정의 신하들이 끝내 성상(聖上)의 하문(下問)을 받들어 백성들에게 널리 알리려는 자가 있지 않아서, 효종대왕이 그 충성과 공로를 잊지 않으려는 뜻을 막아 이루어지지 않게 하였으니 개탄스러울 따름이었다. 오늘날 비로소 주상께 알려져서 표창하게 된 것은 까닭이 있었던 것이다. 삼가 시장을 짓는다.

대광보국숭록대부 의정부 우의정 겸 영경연 감춘추사
남공철(南公轍)이 찬하다

諡狀1)

公諱2)漢明, 字汝亮。 咸從3)魚氏, 入本朝, 有諱變甲4)集賢殿直提學。 是

生孝瞻5)判中樞府事, 諡文孝, 是生世恭6)戶曹判書, 諡襄肅, 俱以文學

---

1) 諡狀(시장) : 재상이나 유교에 밝은 사람들에게 시호를 내리도록 임금에게 건의
   할 때에, 그가 살았을 때의 일들을 적어 올리던 글. 南公轍의 ≪穎翁續藁≫ 권5
   에 <水運判官贈議政府左參贊魚公諡狀>으로 실려 있다.
2) 諱(휘) : 죽은 어른의 생전의 이름.
3) 咸從(함종) : 평안남도 강서군의 옛 지명.
4) 變甲(변갑) : 魚變甲(1381~1435). 본관은 咸從, 자는 子先, 호는 綿谷. 1399년에
   생원이 되고, 1408년 식년문과에 장원한 뒤 校書館副校理·성균관주부를 거쳐,
   左正言·右獻納 등을 역임하였다. 1420년에 집현전이 발족되자 應教로서 知製教
   ·經筵檢討官을 겸임하고 1424년에는 집현전직제학이 되었다.
5) 孝瞻(효첨) : 魚孝瞻(1405~1475). 본관은 咸從, 자는 萬從, 호는 龜川. 좌의정 朴블
   의 사위이다. 1423년 생원시에 합격하고, 1429년 식년 문과에 급제, 이듬해 예
   문관검열에 선임되었다. 이어 대교가 되어 기사관으로서 ≪태종실록≫의 편수
   에 참여하였다. 1446년 集賢殿應教, 1449년 直集賢殿을 역임하고, 1454년 예조
   참의에 올랐다. 세조 즉위 후 原從功臣 2등에 책록되고, 이듬해 이조참판으로 승
   진, 의금부제조를 겸해 이른바 사육신 사건을 다스리면서 점차 중용되었다. 그
   뒤 호조와 형조참판을 역임하고, 1458년 대사헌이 되었으며, 1463년 이조판서
   로 승진하였다.
6) 世恭(세공) : 魚世恭(1432~1486). 본관은 咸從, 자는 子敬, 시호는 襄肅. 1456년
   문과에 형 魚世謙과 함께 급제하여, 正字가 되고 박사·漢城府參軍·병조좌랑·
   成均司藝·좌승지를 지냈다. 1467년 李施愛의 난이 일어나자 함길도관찰사에 중
   용되어 난을 평정한 공으로 敵愾功臣에 책록되어 牙城君에 봉해졌다. 그 후 병조
   판서를 거쳐, 1468년 예종이 즉위하자 謝恩副使로 명나라에 다녀왔으며, 1470년
   경기도관찰사, 1472년 중추부지사, 1477년 한성부판윤을 지낸 뒤 호조판서로

動業顯於世。曾祖諱季瑄,[7] 議政府左參贊, 祖諱雲海,[8] 平昌郡守贈吏曹參判, 考諱夢麟,[9] 童蒙敎官。光海政亂, 隱居不仕, 後贈承政院左承旨。妣全州柳氏, 副正[10]永成[11]女, 贈淑夫人。

公以萬曆[12]壬辰正月二十二日生, 幼有至性。甫六歲, 母夫人歿于副正公淸風任所, 公躬與祭奠, 哀毁[13]如成人。一日大水至, 衙舍侵沒, 人不知公所在, 公獨入家廟, 奉神位以出, 見者異之。

좌빈객을 겸하고, 이어 각 조의 판서를 역임한 뒤 右參贊에 이르렀다.

7) 季瑄(계선) : 魚季瑄(1502~1579). 본관은 咸從, 자는 瑄之. 1528년 사마시에 합격하였고, 1540년 진사로서 식년문과에 을과로 급제한 뒤 승문원에 출사하였으며, 1544년 典籍으로 승임되었다. 그 뒤 병조좌랑 · 형조좌랑 · 持平 · 獻納을 거쳐, 1548년 예조정랑에 승임되었으며, 어사가 되어 북방 군민의 어려운 형편을 살피고 돌아왔다. 그 뒤 병조 · 사헌부 · 홍문관 등의 관직을 거쳐, 軍器寺副正 · 弘文館應敎에서 典翰 · 직제학으로 승진되었다. 1555년 병조참지, 그 뒤 공조참의 등을 거쳐 승정원도승지가 되었다. 1560년 형조참판이 되었을 때 牙善君에 봉군되었다. 그 뒤 한성부좌윤에서 오위부총관으로 전임하였다. 1567년 명종이 죽자 守陵官에 제수되었고, 그 뒤 오위도총관 등을 거쳐 벼슬이 좌참찬에 이르렀다.

8) 雲海(운해) : 魚雲海(1536~1585). 본관은 咸從, 자는 景遊, 호는 荷潭. 1564년 사마시에 합격한 뒤 과거와 벼슬을 단념하고 학문연구에 몰두하였다. 1570년 造紙署別提에 임명된 뒤 司藝 · 直長 · 尙衣院主簿 · 형조좌랑 · 과천현감 · 호조좌랑 · 경상도도사 · 강원도도사 · 형조정랑 · 평창군수를 역임하였다.

9) 夢麟(몽린) : 魚夢麟(1564~1611). 본관은 咸從, 자는 瑞仲. 牛溪 成渾의 문하에서 유학하였으며 일찍이 가훈을 이어 과거를 일삼지 않았다. 만년에 童蒙敎官을 제수 받아 학도를 가르치는 데 게을리 하지 않았으나 光海君의 문란한 정사를 보고 다시 벼슬하지 않았다.

10) 副正(부정) : 軍器寺 副正. ≪선조실록≫ 1604년 10월 2일조 2번째 기사에 군기시 부정에 제수한 사실이 기록되어 있다.

11) 永成(영성) : 柳永成(1541~1612). 본관은 全州, 호는 국포. 1573년에 진사하고 筮仕로 淸風府使, 軍器寺 副正을 지냈다. 좌승지에 추증되었다.

12) 萬曆(만력) : 중국 明나라 神宗의 연호(1573~1619).

13) 哀毁(애훼) : 父母喪을 당하여 몹시 슬퍼해서 몸이 허약해진 것을 말함.

稍長, 請業於踈庵[14]任公叔英,[15] 文藝日進, 戊午,[16] 成進士。仁廟
反正,[17] 朝野淸明, 士論大行, 公首掌[18]太學議, 黜陟[19]公嚴, 齋中[20]肅
然。時有主選翰林者難其人, 問于李文靖[21]公明漢, 李公曰 : "有魚某
在, 姑遲之." 時公方發解[22]故云, 然竟不第, 朝論爲之嗟惜。

---

14) 踈庵(소암) : '疎庵'의 오기.
15) 任公叔英(임공숙영) : 任叔英(1576~1623). 본관은 豊川, 초명은 湘, 자는 茂淑, 호
  는 疎庵. 1601년 진사가 되고, 성균관에 10년 동안 수학, 논의가 과감하였으며
  전후 儒疏가 그의 손에서 나왔다. 1611년 별시문과의 對策에서 주어진 이외의
  제목으로 척족의 횡포와 李爾瞻이 왕의 환심을 살 목적으로 존호를 올리려는 것
  을 심하게 비난하였다. 이를 시관 沈喜壽가 적극 취하여 병과로 급제시켰는데
  광해군이 대책문을 보고 크게 노하여 이름을 삭제하도록 하였다. 몇 달간의 삼
  사의 간쟁과 李恒福 등의 주장으로 무마, 다시 급제되었다. 그 뒤 승문원정자・
  박사를 거쳐 주서가 되었다. 1613년에 永昌大君의 무옥이 일어나자 다리가 아프
  다는 핑계를 대고 庭請에 참가하지 않았다. 곧 파직되어 집에서 지내다가 외방
  으로 쫓겨나 廣州에서 은둔하였다. 인조반정 초에 복직되어 예문관검열과 홍문
  관정자・박사・부수찬 등을 거쳐 지평에 이르렀다.
16) 戊午(무오) : 광해군 10년인 1618년.
17) 反正(반정) : 옳지 못한 임금을 폐위하고 새 임금을 세워 나라를 바로잡음.
18) 首掌(수장) : 우두머리로서 일을 맡음.
19) 黜陟(출척) : 승진과 파면이라는 뜻도 있으나, 여기서는 권면하고 징계하다는 의
  미.
20) 齋中(재중) : 성균관의 東齋와 西齋를 일컫는 것으로, 여기서는 성균관이라는 의
  미.
21) 文靖(문정) : 李明漢(1595~1645). 본관은 延安, 자는 天章, 호는 白洲. 아버지는
  李廷龜이다. 대사간・부제학을 지내고, 한성부우윤을 거쳐 대사헌・도승지・대
  제학・이조판서 등을 역임했다. 1616년 증광문과에 급제하여 승문원권지정자
  ・전적・공조좌랑을 지냈으나, 仁穆大妃의 廢母論이 일어났을 때 참여하지 않아
  파직되었다. 1624년 李适의 난 때에는 왕을 공주로 扈從하고 李植과 함께 팔도
  에 보내는 敎書를 지었다. 병자호란 때의 斥和派라 하여 1643년 李敬輿・申翊聖
  등과 함께 瀋陽에 잡혀가 억류되었다가 이듬해에 世子貳師로 昭顯世子와 함께
  돌아왔다.
22) 發解(발해) : 과거의 초시에 합격함. 초시는 생원시를 일컫는다.

己巳,[23] 授光陵[24]參奉, 遷濟用監[25]副奉事, 轉尙瑞院[26]副直長, 俄陞六品, 爲京畿左道水運判官。丙子[27]冬, 北虜入寇, 公帥站船往通津, 輸運度支[28]帑藏[29]于江華。京報急至, 言虜兵已迫西郊, 車駕[30]播遷。又聞嬪宮元孫及大君避兵, 將繇此入江華。

會天寒, 舡繫岸者, 菫[31]十餘, 櫂夫皆不集。公遂招呼傍村民人, 慷慨言曰：“守土之臣, 今無一人伺侯境上者, 脫國家顚越至此, 將何以利涉險津? 吾受國厚恩, 豈可以非其職, 而安坐而已乎? 爾等其一乃心力待而無散.” 民皆泣曰：“諾.”

已而, 鳳林大君, 以白衣草笠, 跨黑猲馬而來。鳳林, 卽孝宗潛邸時爵號, 而時內殿[32]喪未終, 故衣未吉[33]。公卽趍進於前謁見, 麟坪亦在其

---

23) 己巳(기사) : 인조 7년인 1629년.
24) 光陵(광릉) : 조선 제7대 임금인 世祖와 그 妃인 貞熹王后 尹氏의 왕릉. 경기도 남양주군 진접면 부평리에 있다.
25) 濟用監(제용감) : 조선시대에, 각종 직물 따위를 진상하고 하사하는 일이나 채색이나 염색, 직조하는 일 따위를 맡아보던 관아.
26) 尙瑞院(상의원) : 조선시대에, 임금의 의복과 궁내의 일용품, 보물 따위의 관리를 맡아보던 관아.
27) 병자(丙子) 인조 14년인 1636년.
28) 度支(탁지) : 戶曹.
29) 帑藏(탕장) : 예전에, 내탕고에 보관되어 있던 재물.
30) 車駕(거가) : 御駕. 여기서는 임금을 가리킨다.
31) 菫(근) : 僅과 통용.
32) 內殿(내전) : 中宮殿. 조선조 제16대 인조의 비 仁烈王后 韓氏. 본관은 淸州. 아버지 領敦寧府事 韓浚謙과 어머니 黃氏사이에서 1594년 강원도 원주에서 출생하였다. 17세의 나이에 陵陽君(후의 인조)과 혼인하여 淸城縣夫人으로 봉해졌다. 1623년 광해군을 폐위하는 '인조반정'으로 능양군이 왕이 됨에 따라 한씨 나이 30세에 왕비로 책봉되었다. 이후 昭顯世子와 후일의 효종인 鳳林大君・麟坪大君・龍城大君을 낳았다. 서인세력이 득세하던 당시의 상황에서 소현세자의 세자빈

左。公見鳳林地坐, 使人以席進, 鳳林見公亦地坐, 良久不就席, 公乃取
藁草置膝下, 然後始坐。公問曰："虜兵之至, 何其急乎?" 鳳林曰："安
有如此事? 安有如此事?" 公又跪問："方今主上安在?" 曰："已向南漢
城矣." 因泣下數行, 公亦泣, 不敢仰視。公聞大君朝飯缺, 仍進米一斗,
大君皆稱謝。已而, 掖庭人[34]負奉仁烈后魂殿位版, 徒步來, 公尤驚泣,
求草苫,[35] 張舡上而安焉。公旣董率[36]民夫,[37] 又往來俟潮, 及二大君
乘舡, 又戒飭毋敢忽。時當警急, 邑人皆逃難四散, 而公所募民, 終無一
人逃亡者。明日, 又奉嬪宮元孫發舡, 身自追至孫石灘,[38] 知利泊乃
還。明年, 宰相誤以不赴行在奏罷, 公不之辨, 仍歸湖中[39]鄉庄。

自是廢擧業不復仕, 以戊子[40]十一月十四日卒, 壽五十七。葬于高陽
之先塋下。配安東權氏,[41] 參奉俶[42]之女, 生四男二女。震說[43]正郎,

간택조차 조정의 뜻에 따라야 하는 근심의 세월을 보내야 했다. 인열왕후는 이
후 1635년 42세의 늦은 나이에 출산을 하다 병을 얻어 타계하였다.

33) 吉(길) : 吉服. 3년상을 마친 뒤에 입는 보통 옷.

34) 掖庭人(액정인) : 掖庭署에 소속된 하인. 액정서는 조선시대에, 내시부에 속하여
왕명의 전달 및 안내, 궁궐 관리 따위를 맡아보던 관아이다.

35) 草苫(초둔) : 풀로 엮은 거적.

36) 董率(동솔) : 감독하여 거느림.

37) 民夫(민부) : 관아에서 불러서 쓰는 人夫.

38) 孫石灘(손석탄) : 강화도의 '손돌목'에 대한 한자어 표기.

39) 湖中(호중) : 충청북도 음성을 가리킴.

40) 戊子(무자) : 인조 26년인 1648년.

41) 安東權氏(안동권씨, 1594~1670) : 어한명의 부인. 아버지는 權俶.

42) 俶(숙) : 權俶. 본관은 安東. 아버지는 병조참판 權訦이고, 백부 權謙에게 양자로
갔다. 陰崖 李耔의 외증손이다. 종6품 宣務郎의 품계에 올라 南部參奉을 역임하
였다.

43) 震說(진열) : 어진열(1621~1677). 자는 說之. 1657년 식년시에 급제하여 진사가

震翼[44]監司, 震奭[45]進士僉知, 震陟[46]正郎, 女適許塤,[47]梁錫九。正郎

一男史直,[48] 早沒無後, 繼子史周[49]僉正。監司一男史衡[50]右尹, 側室

되고, 1662년 증광시에 급제하였다. 兵曹正郎을 지냈으며, 대사헌에 추증되었다.

44) 震翼(진익) : 어진익(1625~1684). 자는 翼之, 호는 謙齋. 1652년 사마시에 합격, 1658년에 金吾郎이 되고 內資寺直長을 거쳐 호조좌랑으로 재직 중 1662년 정시 문과에 급제하여 병조좌랑·정랑, 함경도도사, 성균관직강 등을 역임하였다. 1665년 지평이 되어 우의정 許積을 논핵하다 파직당한 李塾를 구하려다 삭직 당하였다. 1672년에 장령이 되고 이어서 헌납·사간을 거쳐 1674년에는 보덕이 되어 효종비 仁宣王后의 복제문제로 尹鑴 등 남인을 공격하다 동래부사로 좌천되 었다. 倭館을 옮기는 데 그 비용을 낭비했다 하여 파직, 고양에 유배되었다. 곧 풀려나 이듬해 여주목사가 되고 1681년에 충청도관찰사가 된 뒤 호조·병조· 예조참의, 좌승지를 거쳐 1683년에는 강원도관찰사, 이듬해 승지를 역임하였다.

45) 震奭(진석) : 어진석(1628~1707). 자는 君奭, 호는 迂叟. 1681년 식년시에 급제하 였다. 관직은 童蒙敎官, 翊衛司翊衛, 僉知中樞府事 등을 역임하였고, 좌승지에 추 증되었다.

46) 震陟(진척) : 어진척(1631~1703). 자는 伯升. 1657년 식년시에 급제하였다. 관직 은 좨주(祭酒), 工曹正郎 등을 역임하였다. 벼슬에서 물러난 후에는 圖書를 가까 이 하며 유유자적한 생활을 하였다.

47) 許塤(허훈, 1618~1659) : 본관은 陽川, 자는 和叔. 1648년 식년시에 급제하였다.

48) 史直(사직) : 어사직(1647~1667). 자는 直哉.

49) 史周(사주) : 어사주(1659~1731). 자는 老卿. 생부는 魚震陟이다. 1687년 식년시 에 급제하여 진사가 되었다. 尙衣院僉正을 지냈다.

50) 史衡(사형) : 어사형(1647~1723). 자는 子平. 과거에 여러 차례 응시하였으나 급 제하지 못하고, 1698년 蔭補로 선공감감역이 되었으며, 그해 겨울 莊陵復位設都 監差兼別工作으로 공을 세워 6품에 올랐다. 이듬해 의금부도사와 의영고주부를 거쳐 1700년 新溪縣令으로 나가 선정을 베풀어 송덕비가 세워졌다. 1702년 잠 시 訓局郎으로 재직하다가 곧 楊根郡守가 되었고, 1705년 병으로 사직하였다. 1706년 다시 기용되어 典牲署主簿·장악원첨정·강화부경·인천부사를 거쳐 1712년 군기시부정이 되고, 이듬해 승지에 올랐다. 1716년 70세가 되어 통정대 부에 加資와 아울러 첨지중추부사·오위장이 되었다. 이해에 손녀가 왕세자빈(景 宗妃 宣懿王后)으로 책봉되자 敦寧府都正에 올랐고, 이어 가선대부 同知敦寧府事 에 올랐다. 1721년 장례원판결사에 보임되어 사직을 청하였고, 이듬해 다시 한 성부우윤에 임명, 재임 중에 죽었다.

二男史愼・史龍。僉知三男史徽⁵¹⁾承旨，史經⁵²⁾縣監，史綱⁵³⁾。正郎
三男史夏⁵⁴⁾進士，史商⁵⁵⁾文科，史周。曾玄以下，多顯仕⁵⁶⁾聞人，⁵⁷⁾ 至
今不絶。

公爲人，白晳好風儀，寬而有器量，人皆期以遠到。及罷官歸鄕，公雖
不自怨悔，顧世之爲忠者，將無以勸，故論者悲之。公歿後，孝宗大王臨
筵，語及江都事曰 : "其時賴一運判之力，得以利涉幸甚，其姓名爲誰?"
左右皆莫對，他日再問，亦然。

公前用子貴， 屢贈資憲大夫⁵⁸⁾議政府左參贊。當宁⁵⁹⁾十六年丙子，⁶⁰⁾

---

51) 史徽(사휘) : 어사휘(1654~1706). 자는 美哉. 1675년 식년시에 합격하였으며,
 1686년 별시문과에 급제하였다. 관직은 隸槐院副正字・栗峰察訪・典籍監察・司憲
 府執義・司諫院司諫・成均館司成・同副承旨・利川縣監・延安縣監・兵曹參判・刑曹
 參判 등을 지냈다.
52) 史經(사경) : 어사경(1655~1726). 자는 六一. 수차례 과거를 치른 끝에 1705년
 증광시에 합격한 후, 관직은 繕工監監役・尙衣院別提・義禁府都事・龍安縣監 등
 을 역임하였다.
53) 史綱(사강) : 어사강(1664~1706). 자는 大叔. 학문에 뜻을 두고 경전을 두루 탐
 독하였으며, 과거에 여러 번 응시하였으나 뜻을 이루지 못하였다. 부친 어진석
 을 따라 곁에서 공부하면서 ≪周易≫의 圖象大義를 듣고 깨달은 바가 많았다. 尤
 菴 宋時烈에게 모르는 것을 질문하고 가르침을 받았으나, 송시열이 유배를 가자
 더 이상 세속에 대한 관심을 가지지 않고 학문에 전념하며 살다가 생을 마감하
 였다.
54) 史夏(사하) : 어사하(1653~1696). 자는 夏卿. 1687년 식년시 급제하여 진사가 되
 었다.
55) 史商(사상) : 어사상(1656~1698). 자는 商卿. 1682년 사마시에 합격하고 1684년
 에 성균관 유생들과 함께 宋時烈을 辨誣하였다. 1697년 정시에 급제, 곧 주서로
 붓을 들고 입시하였다. 그는 아량이 있었고 장래가 촉망되었으나 불행히 癘疫에
 걸려 43세로 요절하였다.
56) 顯仕(현사) : 높은 벼슬.
57) 聞人(문인) : 이름이 널리 알려진 사람.

朝廷以舊甲重回, 探訪當時有忠義勞績者。於是, 諸生始以公事, 上言于輦道,[61] 乞賜謚而奬之, 敎曰可。公後孫在璜[62]等, 來請狀于公轍。

嘗見公所著江都日記, 有農巖金文簡公昌協, 遂菴權文純公尙夏跋文, 皆稱道其忠勞甚悉。文純言："公以名進士, 主張士論, 聲望藹蔚, 余嘗嚮風而恨未一拜." 文簡又備論金慶徵爭舟事, 並列公傔隷三人之義, 惜其人微而卒不傳。觀於二先生之論, 可以知公, 何以贅爲? 昔唐宣宗, 問白敏中："憲宗喪, 路遇風雨, 百官皆散, 惟山陵使, 長而多髥者, 攀靈駕不去, 不知誰也?" 敏中以令狐楚對。詔擢其子綯, 知制誥。

嗚呼! 公之效忠急難, 豈直攀駕之比? 而廷臣竟莫有對揚聖聞[63]者, 使聖祖不忘忠功之意, 闕而不遂, 其可慨已。今始上聞而表章之者, 亦有以也歟。謹狀。

大匡輔國崇祿大夫[64] 議政府右議政兼領經筵監春秋事

南公轍[65]撰

---

58) 資憲大夫(자헌대부) : 조선시대에 둔, 정2품 문무관의 품계.

59) 當宁(당저) : 今上, 즉 임금을 말함.

60) 병자(丙子) : 순조 16년인 1816년.

61) 輦道(연도) : 거둥길이라는 뜻으로, 여기서는 임금이라는 의미.

62) 在璜(재황) : 어재황(1762~1818). 자는 新之. 1801년 증광시에 급제하여 진사가 되었다. 懿陵 참봉을 지냈다.

63) 聞(문) : '問'의 오기.

64) 大匡輔國崇祿大夫(대광보국숭록대부) : 조선시대에, 정1품의 종친, 의빈, 문무관에게 주던 으뜸 품계.

65) 南公轍(남공철, 1760~1840) : 본관은 宜寧, 자는 元平, 호는 思穎・金陵. 1792년 친시문과에 병과로 급제했다. 곧 이어 홍문관부교리・규장각직각에 임명되어 《奎章全韻》의 편찬에 참여하면서 정조의 지극한 우대를 받았다. 초계문신에 선임되었으며, 친우이자 후일의 정치적 동지인 金祖淳・沈象奎와 함께 패관문체

를 일신하려는 정조의 문체반정 운동에 동참했고 그 뒤 순정한 六經古文을 깊이 연찬함으로써 정조 치세에 나온 인재라는 평을 받았다. 정조 때에는 주로 대사 성으로서 후진교육 문제에 전념했다. 순조 즉위 뒤 ≪정종실록≫편찬에 참가했 으며, 9차례 이조판서를 제수 받고, 대제학을 역임했다. 1807년에는 동지정사로 서 연경에 다녀왔고, 1817년에 우의정에 임명된 뒤 14년간이나 재상을 역임했 으며, 1833년 영의정으로 치사해 봉조하가 되었다.

통문
通文

　이 글은 통고하는 글입니다. 충성을 기리고 공적을 기록하는 것은 사림(士林)의 아름다운 일이고 국가의 큰 정사(政事)이옵니다. 때는 만날 수도 못 만날 수도 있는 법이고, 일은 다행할 수도 불행할 수도 있는 법입니다. 가만히 생각하니, 고(故) 수운판관(水運判官) 증 좌참찬(贈左參贊) 어한명(魚漢明) 공이 심도(沁都 : 강화도의 별칭)에서 대군들을 호종한 충성과 공적은 단지 당대 때를 만나지 못했다는 점에서 불행했지만, 오늘날 때를 만났다는 점에서 다행한 것입니다.

　생각하면 옛날 숭정(崇禎) 병자년(1636)에 만주의 오랑캐가 마구 쳐들어오자 나라의 운명이 매우 어려워지니 인조대왕이 타신 대가(大駕)가 이미 남한산성을 향하셨고, 우리 효종대왕은 봉림대군으로서 임금이 되기 전이었을 때 인평대군(麟坪大君)과 함께 흰옷에 초립을 쓰시고 필마(匹馬)로 <통진> 나루에 당도하여 강화도로 건너가려고 하셨지만, 유수(留守) 벼슬에 있는 신하나 나루터의 관리들이 애당초 한 사람이라도 나온 자가 있지 않았으며, 물위에 떠다니는 얼음덩이가 강물에 가득하였고 옛 나루에는 배가 없었던 데다 오랑캐의 기마병이 뒤따라오고 있어서 위기일발이었습니다.

　이때 어공(魚公)은 경기좌도 수운판관으로서 호조(戶曹)의 화물을 운송하기 위해 참선(站船)을 거느리고 통진(通津)에서 대기하고 있었는데, 변란이 일어났다는 소식을 들은 날 바로 마을 장정들을 밤낮으로 정신없이 쫓아다니며 모집하는 것을 자신이 맡은 일로 여겼습니다. 비록 호조의 일이 소중하다 해도 실로 궁궐이 위급한 때를 만나 변고에 처해 있었으니, 신하된 자로서의 의리상 어찌 단지 직무가 관계있는지 없는지를 따져가며 핑계를 대었겠습니까? 마침내 출항할 수 있는 배를 대령시키는 것을 위급한 상황의 구제책으로 삼고, 마을사람들을 불러 모아서 대의(大義)로 타일렀지만 개중에 달아나려는 사람이 있으니, 소리 지르고 눈물 흘리며 충분(忠憤)에 북받쳤습니다.

드디어 뱃사공과 그 곁꾼 40여 명을 불러 모을 수 있어서 대기하다가, 우리 봉림대군의 거가(車駕)가 오자 시골 사립문 밖에 달려가 뵈었습니다. 봉림대군께서 나루터 땅바닥에 그냥 앉으려 하자 방석을 받들어 올렸고, 봉림대군께서 아침 조반을 거르려하자 양식 쌀을 마련하여 바쳤으며, 뱃사공과 그 곁꾼들을 단단히 타일러서 각기 온 힘을 다하여 잘 건너실 수 있게 해드리라고 했습니다.

얼마 지나지 않아 인열성모(仁烈聖母 : 인조의 비)의 혼전(魂殿)을 액정서(掖庭署)의 하인들이 짊어지고 이르자, 어공은 더욱 더 통곡하면서 널리 초둔(草芚 : 풀로 엮은 거적)을 구하여 선착장에 깔아놓고 봉안(奉安)하도록 했습니다. 얼마 지나서 빈궁(嬪宮)과 원손(元孫)이 타신 마교(馬轎 : 말 위에 실린 가마)가 뒤쫓아 이르렀는데, 가마에는 부지군(扶持軍 : 부축하고 도와주는 호위군)이 없어서 고개를 넘지 못하자,

어공은 또 모집한 시골 장정들을 시켜 고개를 넘게 하였습니다. 나루에 도착했을 때는 바다 어귀의 배가 전부 다 맞은쪽에 옮겨져 있었습니다. 어공이 두루 연해변(沿海邊)을 수색하여 겨우 배 한 척을 찾았지만, 조수(潮水)가 이미 빠져나가서 배를 띄울 수가 없었습니다. 시골집에서 머무시며 주무셨는데, 빈궁과 원손이 모두 수라를 거르게 되자 어공은 또 갖고 있던 율무로 그 굶주림을 면하게 하였고, 볏짚을 태워서 그 추위를 막았습니다. 숨어있던 통진 백성들을 샅샅이 찾고, 배를 저을 수 있는 기구들을 제대로 갖추고서 밤새도록 잠을 자지 않다가 새벽닭이 울자 조수를 타고 마침내 잘 건너실 수 있게 하였습니다.

아, 다급한 때를 만나서도 자신이 맡은 직분 이외의 일을 처리하였고, 위급한 처지에 있으면서도 화가 경각에 달린 봉림대군을 호종하였으니, 이것이 그 충성의 지극함입니다. 그 때를 당하여 만일 어공이 지위를 벗어나서 출항할 배를 준비하지 않았다면 우리 인열왕후의 혼전, 우리 봉림대군의 거가, 빈궁과 원손 등이 모두 옮겨간 바를 알지 못했을 것이니, 이것이 또 그 공로의 뛰어남입니다. 전란이 끝나게 되자 어공은 세상에 마음을 버리고 시골로 물러가 지내며 벼슬살이를 다시는 하지 않은 것이 10여 년이 지난 후에 죽었습니다.

끝내 공은 세상 사람들에게 입으로 자신의 공적을 말하지 않았고 온 조정의 신하들도 아는 자가 있지 않았습니다. 우리 효종대왕이 일찍이 경연(經筵)에서 강도(江都)의 일을 두어 번 말씀하시기를, "그 당시에 수운판관이 아니었다면 나는 위태로웠을 것이다. 다만 그 성명이 누구인지도 알지 못하는가?” 하셨지만, 연신(筵臣 : 경연에 관계하던 벼슬아치)들이 대답하지 못했습니다. 효종대왕이 경연에서 하문(下問)하신 뜻을 살피자면 공적을 기리어 포상하려는 성대한 뜻을 보인 것이었으나, 조정의 신하들도 알지 못했고 연신들도 대답하지 못했으니 어찌 당대 때를 만나지 못한 것으로서 불행한 것이 아니겠습니까?

선정신(先正臣) 수암(遂菴) 권(權 : 권상하) 선생과 농암(農巖) 김(金 : 김창협) 선생은 매우 애석해 하고 오랜 동안 차탄하다가 글을 지어서 드러내어 밝히기에 이르렀으니, 권 선생이 지은 글에는 “진실로 평소 의리와 이해를 구분하는 데에 본디 밝은 분이 아니라면, 국난을 당하여 다급한 때에 어찌 맡은 일이 아닌 이외 것에 온 힘을 다하여 충성을 바칠 수 있겠는가? 기리어 숭상하고 발탁하여서 충성스럽고 의리 있는 선비를 떨치고 일어나게 함이 마땅한데도, 경연에서 재차 물으셨지만 대답하는 자가 있지 않아서 끝내 무지몽매하여 드러내지 못했으니 아, 개탄스러운 일이다. 나는 때문에 들추어내어서 후세사람들에게 보이는 바다.” 하였고, 김 선생이 지은 글에는 “세상의 교화가 쇠퇴해져서 사대부들이 의리를 제대로 알지 못하여 비록 그 맡은 일이 관계있을지라도 변고를 한번만 만나면 또한 시일을 미루며 관망만 할 뿐인데, 더구나 맡은 일이 아닌 이외의 것에 온 힘을 다하여 충성을 바쳐서 공이 했듯이 하겠는가? 그러나 그 충성과 공로의 실상은 한평생을 다하고 세상을 떠날 때까지 밝혀지지 않았으며, <효종대왕이> 하문하신 뒤에 끝내 그 뜻을 받들어 백성들에게 널리 알리려는 자가 없어서 충성을 장려하시려는 효종대왕의 뜻이 막혀 이루어지지 않게 하였으니 더욱 개탄할 일이다." 하였습니다. 두 선생의 이러한 글을 살펴건대, 곧 불후의 공안(公案 : 공정하여 범할 수 없는 글)으로 백세토록 전할 만하니, 공은 당대 때를 만나지 못했던 것이지만 역시 두 선생에게서 때를 얻었다고 할 만한 것입니다. 또 조정에서 때를 만나지 못한 것을 가지고 두 선생이 개탄하였던 것인데, 또 어찌 무덤 속에 있다 해도 그만이라고 하겠습니까?

금상(今上)께서는 조종조(祖宗朝)의 옛일들을 이어받으시면서 충성스럽지 못한 자는 포상하지 않으시고 공이 없는 자는 녹훈(錄勳)하지 않으셨으니, 금년은 또 병자호란이 일어난 지 세 번째의 60주년이 되는 해입니다. 당시 충의가 있는 사람과, 드높은 공적이 있는 신하들을 정승들이 아뢰기도 하고 유생들이 상소하기도 하였습니다. 그리하여 융숭히 보답을 못 다 받은 사람들을 드러내어 표창하지 않음이 없도록 하여, 숨어있는 것은 나타나게 하고 드러나지 않은 것은 드러나게 하는 본보기로 삼으셨습니다. 그런데 어공의 충성과 공로는 유독 임금의 귀에 알려지지 않아서 끝내 자취도 없이 모두 없어지게 되었으니 어찌 사림(士林)의 수치가 아니오며, 무엇으로 천하의 신하들을 권면하겠사옵니까? 또 무엇으로 우리 효종대왕께서 애쓰신 마음에 답하실 것이오며, 선정신들이 남기신 생각을 드러내실 것이옵니까? 이것은 또 어공이 오늘날 성스러운 조정에서 때를 만난 것이니 다행이라 할 것입니다.

조야(朝野)의 많은 선비들이 봉림대군의 호종한 사실이 알려지도록 꾀하면서 관작(官爵 : 관직과 작위)을 추증하고 시호를 내리는 일을 청하려 합니다. 삼가 바라옵건대, 군자들은 각기 빛나는 직함이 내려지도록 한목소리로 함께해주시면 천만다행이겠습니다.

발문을 엮어서 올리는 이:
부정(副正) 이재순(李在純)   전 현령(前縣令) 김노철(金魯喆)
금부도사(禁府都事) 홍병직(洪秉直)   진사(進士) 윤완(尹浣)
유학(幼學) 홍영변(洪永孌)

通文

右文爲通告事。褒忠紀功，士林之美擧，國家之大政。而時有遇不遇，事有幸不幸。竊惟故運判官贈左參贊魚公漢明，沁都[1]扈聖之忠之功，直不幸於當世之不遇，而幸於今日之遇者也。

念昔崇禎[2]丙子，建虜[3]驕橫，天步[4]多艱，大駕已向南漢，而惟我孝宗大王，時在鳳林潛邸，與獜坪[5]大君，白衣草笠，匹馬臨津，將渡江華，居留之臣，[6] 津土之官，初未有一人至者，流澌[7]滿江，故渡無舶，賊騎追後，危如一髮。

于時魚公，以水運左判官，爲運戶曹卜物，領率站舡，[8] 待于通津，聞變之夕，倡募村丁，晨夜奔馳，以爲所掌。雖在曹務所重，實在殿宮，臨

---

1) 沁都(심도) : 강화도의 옛 지명.
2) 崇禎(숭정) : 명나라 毅宗의 연호(1628~1644).
3) 建虜(건로) : 建州의 오랑캐. 여진족을 말한다.
4) 天步(천보) : 하늘의 운명. 여기서는 나라의 운명을 일컫는다.
5) 獜坪(인평) : '麟坪'의 오기.
6) 居留之臣(거류지신) : 留守 벼슬에 있는 신하. 유수는 조선 시대에, 수도 이외의 요긴한 곳을 맡아 다스리던 정2품의 外官 벼슬인데, 개성·강화·광주·수원·춘천 등지에 두었다.
7) 流澌(유시) : 얼음덩이가 물위에 떠내려감.
8) 站舡(참강) : 站船. 水站에서 사용하는 배.

急處變, 臣子之義, 豈但以職之有無爲諉哉? 遂爲艤舡,[9] 濟屯[10]之策, 招募村民, 曉以大義, 人有逃散, 則厲聲雪涕, 激以忠憤。

竟能招集沙格[11]四十餘輩以待, 聖祖[12]之駕臨, 趨謁於村扉之外。聖祖方御津土, 則奉席而上之, 聖朝方闕朝供, 則懷米以進之, 飭勵沙格, 各令效得以利涉。

未幾, 仁烈聖母魂殿, 掖隷[13]負至, 魚公愈益痛哭, 旁求草苫, 奉安舡所。未幾, 嬪宮元孫, 馬轎趕到, 轎無扶持, 不能踰峴, 魚公又募村丁扶踰。臨津時, 則海口之舡, 盡移越邊。魚公遍搜沿海, 僅得一舟, 潮水已退, 無以行舡。止宿村家, 則嬪宮元孫, 俱闕水剌, 魚公又懷薏苡以救其飢, 蓺藁草以禦其寒。窮括潛伏之津民, 整備操舟之諸具, 達宵不寐, 候鷄乘潮, 竟得以利涉焉。

噫! 遇倉卒而辨事於職分之外, 處危急而扈聖於呼吸之間, 此其忠之盛也。當此之日, 如非魚公出位[14]艤舡, 則惟我聖母之魂殿, 聖祖之御駕, 嬪宮元孫, 俱不知所移矣, 此又其功之茂也。及其亂已, 魚公絶意當世, 屛居田野, 爵祿不復及身者, 十餘年而卒。

---

9) 艤舡(의강) : 艤船. 출항할 준비를 마쳐서 부두에 대고 있는 배.
10) 濟屯(제둔) : 濟屯難. 몹시 어려운 때를 구제함.
11) 沙格(사격) : 사공과 그 옆에서 일을 도와주는 일꾼.
12) 聖祖(성조) : 여기서는 봉림대군과 인평대군의 일행을 가리킴.
13) 掖隷(액예) : 掖庭署에 소속된 하인. 액정서는 내시부에 속하여 왕명의 전달 및 안내, 궁궐 관리 따위를 맡아보던 관아이다.
14) 出位(출위) : 자기 지위의 분수를 벗어남을 일컫는 말. ≪周易≫<艮卦·象>의 "산이 아울러 있는 것이 艮이니, 군자가 이를 본받아 생각이 그 지위를 벗어나지 않느니라.(兼山艮, 君子以, 思不出其位.)"에서 나온 말이다.

終公之世口不言功, 同朝之臣莫有知者。聖祖嘗臨筵, 再語江都事曰：“當時非運判, 吾其危矣。但不知其姓名爲誰?” 筵臣莫能對。顧聖臨筵之詢, 卽見褒錄之盛意, 而同祖之不知, 筵臣之不對, 豈非不幸於當世之不遇者乎?

先正臣[15]遂菴權先生·農巖金先生, 慨惜之甚, 嘆嗟之久, 至爲之文而發揮之, 權先生之文曰：“苟非平日素明義利之分, 臨亂倉卒, 烏能出力效忠於職事之外哉? 是宜褒尙拔擢以起忠義之士, 而臨筵再詢, 莫有所對, 終使闇昧不章, 嗚呼! 可慨。余故表而出之, 以示來後.” 金先生之文曰：“世敎衰而士大夫不知義理, 雖其職事所在, 一遇變故, 亦且觀望, 況能於職事之外, 出力效忠, 如公之爲哉? 然而忠勞之實, 沒世不白, 詢問之後, 竟無對揚, 使聖祖獎忠之意, 鬱而不遂, 尤可槪也.” 顧此二先生之筆, 乃是不朽之公案,[16] 而可傳百世, 則公之不遇於當世者, 亦可謂遇於二先生者。又將不遇於朝廷, 而二先生之所感慨嗟惜者, 又豈但已於九原之下哉?

方今聖上, 繼述[17]祖宗故事, 無忠不褒, 無功不錄, 而今年又是丙子三回甲也。當時忠義之人, 功烈[18]之臣, 或大僚[19]建白,[20] 或章甫[21]陳

---

15) 先正臣(선정신) : 儒賢으로서 학덕이 높았으나 현재 작고한 신하를 말함.
16) 公案(공안) : 공정하여 범할 수 없는 글.
17) 繼述(계술) : 선조의 업적을 이어받음.
18) 功烈(공렬) : 드높고 큰 공적.
19) 大僚(대료) : 정승.
20) 建白(건백) : 관청이나 윗사람에게 의견을 말함.
21) 章甫(장보) : 孔子가 썼다는 갓 이름. 儒生을 일컫는 말로 쓰인다.

疏。其未盡崇報者，莫不爲之發揮表章，以爲顯幽闡微之圖。而魚公之忠之功，獨不登聞於黈纊,[22] 竟致湮沒而止，則豈非士林之羞？ 而何以爲天下人臣之勸哉？ 又何以答聖祖之若心，而闡先正之遺意哉？ 此又魚公幸以遇於今日之聖朝者也。

中外多士，方謀蹕路[23]登聞,[24] 仰請贈秩賜諡之擧。伏願僉君子，各賜華啣，爲齊聲同顩[25]之地，千萬幸甚。

發文[26]繕上：

　　副正 李在純　　　前縣令 金魯喆

　　禁府都事 洪秉直　　進士 尹浣

　　幼學 洪永變

---

22) 黈纊(주광) : 왕이 특별히 관심을 갖고 배려해 주는 것을 말함. ≪文選≫<張衡・東京賦>의 黈纊에 대한 주에, "주광은 누런 솜인데 천자는 그 누런 솜을 달걀만하게 뭉쳐서 冠의 양쪽에 달아 귀를 가리게 한다. 이것은 함부로 급하지 않은 말을 듣지 않으려는 까닭이다."에서 나온 말이다.
23) 蹕路(필로) : 왕의 거둥 때 어가가 지나가는 길. 秦나라 제도의 "出驚入蹕"에서 나온 것이다. 여기서는 후에 효종이 된 봉림대군이 병자호란 당시 강화도로 건너가는데 도와준 어한명의 공로를 일컫는 말로 쓰였다.
24) 登聞(등문) : 중요한 사실이나 사건을 임금에게 알림.
25) 同顩(동검) : 함께하다는 뜻인 듯. 顩은 얼굴 곱지 못하다는 뜻으로, 원문의 문맥은 얼굴이 어떠하든 함께하면 좋겠다는 의미인 듯하다.
26) 發文(발문) : 發通. 소식을 전하는 글을 보내던 일.

조야의 유생과 유학 심능철 등 상언
中外儒生幼學 臣 沈能喆等 上言

1816년 10월 19일 명릉(明陵 : 숙종과 그 계비들의 능)에 거둥하셨을 때 올린 글이다. 도승지 박종훈(朴宗薰)이 담당하여 20일 임금에게 아뢰었다.

삼가 아뢰옵니다. 저희 신(臣)들이 엎드려 삼가 아뢰옵니다. 올해의 간지(干支)는 숭정(崇禎) 병자호란이 일어난 지 세 번째의 60주년이 되는 병자년(1816)입니다. 참으로 우리 성스런 조정은 조종조(祖宗朝)의 일을 잘 이어받으셨으니, 당시 의병을 일으킨 선비와 충성을 다한 신하 가운데 융숭히 보답을 못 다 받은 사람이 있으면, 대신(大臣)들의 경연(經筵)을 통한 직접적 청에 의해서든 유생(儒生)들의 상소(上疏)를 통한 청에 의해서든 드러내어 밝히지 않음이 없어서, 각각 그 마땅함을 얻도록 조치하지 아니 한 것이 없습니다. 그리하여 사람의 도리를 백대토록 밝혀서 세속의 교화를 사방에 세우려는 것은 아! 성대한 일이옵니다.

그러하여 신들이 삼가 생각건대, 충성스러웠지만 그 숨은 충성을 나타나게 하는 것은 귀하지 않음이 없고, 의로웠지만 그 묻힌 의로움을 드러내는 것은 아름답지 않음이 없습니다. 이 때문에 주부자

(朱夫子 : 주희)께서 <천한 군졸(軍卒)이었던> 위사(衛士 : 宋나라 唐琦)의 충성과 <이적(夷狄)의 교(敎)를 따랐던> 승려(僧侶 : 宋나라 眞寶)의 공적에 대해서도 반드시 대단하게 말하며 상세히 기술하였습니다. 대체로 숨어서 나타나지 않았던 것을 드러내어 나타나게 하고, 묻혀서 드러나지 않았던 것을 드러내어 드러나게 한 뒤에야, 충성은 반드시 나타나고 의로움은 반드시 드러남을 알아서 하지 않는 일이 없으니, 분발하여 권장하고 감격해 우러르며 스스로 힘쓰게 될 것입니다. 이는 대대로 그러할 것입니다.

다만, 숨거나 묻힌 지가 심한 것은 더러 사실과 어긋날까 염려되나, 한결같이 입언(立言 : 훌륭한 말)이 징험할 만하고 돈사(惇史 : 미더운 일을 써 놓은 기록)가 믿을 만하여 분명하게 속이기 어려운 것이 있으면 더욱 드러내어 알리고 드러내어 밝히지 않을 수 없사옵니다. 고(故) 좌참찬(左參贊)에 추증된 어한명(魚漢明)이 병자년에 강화도에서 봉림대군(鳳林大君) 등을 호종한 일 같은 경우가 바로 그렇다고 할 수 있습니다. 아, 당시의 일을 어찌 차마 말할 수 있겠습니까? 병란을 알리는 봉화(烽火)가 서쪽 변방에서 일어났는데 저 오랑캐들이 산돼지처럼 마구 달려들어 4일 만에 곧바로 도성 밖까지 침범하니, 나라가 믿을 곳은 탄환(彈丸)처럼 작은 섬인 강화도뿐이었으나 오랑캐의 기병이 이미 바짝 다가와 대가(大駕)는 득달하지 못하고 남한산성으로 돌렸습니다. 그리고 효종대왕은 임금이 되기 전인 봉림대군이었을 때 인평대군(麟坪大君)과 함께 흰옷을 입고 필마(匹馬)로 통진(通津)에 도착했으나, 얼음덩이가 강물에 가득하였던 데다 작은 배 한 척도 없었으니, 강화도 일대는 문득 너무나 먼 곳이 되고 말았습니다. 오랑캐가 뒤따라오고 있어서 일각(一刻)인들 잠시 늦추면 나랏일이 어찌될 줄 몰랐습니다. 이때 유수(留守) 벼슬에 있는 신하나 나루터의 관리들 가운데 책임진 자가 단 한 사람도 나와서 기다리는 사람이 없었습니다.

그보다 먼저 어한명은 경기좌도 수운판관으로서 호조(戶曹)의 화물을 운송하기 위해 참선(站船)을 거느리고 통진 나룻가에 정박시켜 놓고 화물이 오기만을 기다리고 있었습니다. 효종(孝宗)의 거가(車駕)가 곧 도착한다는 소식을 듣고, 이내 혼자서 생각하기를 '내가 맡은 일은 호조의 화물을 담당한 것이나, 돌아보건대 지금 나라가 난리를 만나 대가가 피난길에 올랐지만 지방을 지키는 관원들은 이미 찾아오는 자가 없으니, 호조의 직무는 기러기 깃털보다도 가벼운 것이고 대궐의 행차가 잘 건너시게 하는 것은 태산보다 무거우리로다. 신하된 자로서의 의리상 위급한 때를 만나 변고에 처해 있는데, 어찌 나의 임무가 아니라고 핑계하며 행차를 돕지 않을 수 있겠는가.' 하고는, 마침내 출항할 수 있는 배를 대령시키는 것을 위급한 상황의 구제책으로 삼고, 즉시 나루의 사람들을 불러 모아서 대의(大義)로 타이르기를, "나라가 불행하여 오랑캐 군사들이 갑자기 들이닥쳐서 궁궐의 행차가 당장 곧 이곳에 당도할 것이나, 나와서 기다려야 할 지방의 관리들이 찾아오지도 않는구나. 너희들은 바닷가에 살아서 필시 배젓기에 익숙할 것이니, 한번 건너는 수고를 어찌 너희들이 꺼리겠느냐?" 하였습니다. 이때 나라의 형편이 몹시 급박

하니 사람들의 마음도 영악하고 미련하였는데, 시골 사람들은 듣고
도 못 들은 척하며 모두 달아날 뜻을 품었습니다. 이에 어한명은 비
분강개하여 눈물을 흘리고 소리 질러 꾸짖기를, "너희들만 우리나
라의 백성들이 아니더냐? 궁궐의 행차가 몹시 다급하게 이곳에 당
도하시거늘, 너희들은 서둘러서 건너게 해드릴 생각이 없으니 이
무슨 도리란 말이냐? 어기는 자는 베리로다." 하니, 시골 사람들은
비로소 감탄하고 두려워 굴복하여 모두 그 명령을 좇았습니다.

그리하여 뱃사공과 그 곁꾼 40여 명을 불러 모아 잘 타일러서 뱃
기구를 잘 정비해놓고 기다렸는데, 우리 효종의 거가(車駕)가 이르렀
습니다. 어한명은 나루의 비탈 위에 있는 시골집 사립문 밖에 나아
가 배알하면서 우선 임금께서 타신 대가의 소재를 여쭈니, 효종께
서 눈물을 흘리며 "이미 남한산성으로 향하셨도다." 하시자, 한명은
다만 눈물을 흘리고 발만 동동 굴렀을 뿐이었습니다. 이윽고 효종
께서 나루터 땅바닥에 앉으려는 것을 보고는 방석을 받들어 올리
고, 효종께서 조반을 거른다는 것을 듣고는 양식 쌀을 마련하여 바
쳐서, 칭찬의 말씀을 받잡기에 이르렀습니다. 아, 풍이(馮異 : 중국 후
한 사람)가 <광무제(光武帝)가 황제 되기 전에> 보리밥과 팥죽을 대
접한 것, 이항복(李恒福)이 <임진왜란 당시 선조(宣祖)가 파천할 때
중전(中殿)이 잘 걸을 수 있도록> 촛불을 잡고 앞에서 인도한 것과
똑같이 아름답고 칭찬할 만합니다.

효종께서 그 충의를 가상히 여겨 하문하시기를, "자네는 누구인
가?" 하니, 어한명은 관직명으로써 대답하고 또 여쭈기를, "소인은

호조(戶曹)의 화물을 운송하기 위해 이곳에 대령하고 있다가 궁궐의 행차가 쓰러지고 엎어지며 이르리라는 것을 듣고는 이미 배를 수리시켜 기다리고 있사옵니다.” 하였고, 마침내 조수 이를 때까지 기다렸다가 뱃사공들에게 단단히 타일러 각기 죽기를 작정하라고 하였습니다. 효종께서 또 말씀하시기를, “우리 일행은 사람과 말이 매우 많으니, 세 척의 배로 정하여 운송할 수 있겠느냐?” 하니, 어한명이 대답하기를, “어찌 감히 수효를 계산할 수 있겠사옵니까? 오직 출항할 준비가 된 배가 대령한 대로만 다할 뿐이옵니다.” 하였습니다.

  얼마 지나지 않아서 또 한 일행이 줄지어 걸어오고 있었는데, 그 중의 한 사람은 자줏빛 옷에 두건을 쓰고 자줏빛 보자기를 짊어졌으니 곧 액정서(掖庭署)의 하인이었고, 짊어진 것은 곧 인열왕후(仁烈王后)의 혼전(魂殿)이었습니다. 어한명은 너무나도 놀라 울면서 널리 초둔(草芚 : 풀로 엮은 거적)을 구하여 부두나루에 깔아서 봉안할 수 있도록 했습니다. 이때 궁궐의 어른, 아이 할 것 없이 남녀들이 다 함께 부두나루에 모였는데, 모두 흰 옷을 입은 데다 얼굴을 가리고 앉아 있어서 상하가 혼동되었고 귀천을 분변할 수 없었으며, 모래사장 위에 가득 채운 흰색은 마치 흰 비단결 같았으니 대개 그때가 인열왕후의 소상(小祥)이 미처 마치지 못했기 때문이었습니다. 어한명은 배편을 호송하여 모두 잘 건널 수 있도록 여전히 바다 어귀를 지키며 뱃사공들에게 단단히 타이르기를, “바닷길만한 험한 것이 없으니 온 마음을 다하여 호송해 드려라.” 하였습니다. 대군(大君)의 행차는 이미 강도로 건너갔고, 바다 어귀에 다시는 빈 배가 없었습니다.

이윽고 뒷고개를 돌아보니 또 마교(馬轎 : 말 위에 실려 있는 가마)의 일행이 뒤쫓아 부두머리에 도착했는데, 곧 빈궁(嬪宮)과 원손(元孫)이었습니다. 마교는 부지군(扶持軍 : 부축하고 도와주는 호위군)이 없어 고개를 넘지 못하고 있었으므로, 어한명은 또 소집된 장정으로 하여금 행차를 호송하여 오니, 그 행차의 뒤를 따라 모시는 이는 승지(承旨) 한흥일(韓興一) 한 사람뿐이었습니다. 어한명은 두루 바다 어귀를 수색하여 참선(站船) 한 척을 찾았는데, 사람과 말을 가득 실은 채로 막 출발하려 하자, 어한명이 꾸짖어 내리도록 명하여 상전(上典)이 탈 배를 구했지만, 이와 같이 할 즈음에 조수는 이미 빠져나가서 배가 다닐 수 없었습니다. 빈궁과 원손은 도로 땅에 내려야 했고 시골집에서 머무시며 주무셨는데, 저녁 수라를 또 올리지 못하자 어한명은 재빨리 갖고 있던 율무를 올렸습니다. 이날 밤은 추위가 몹시 심하여 상하 모두가 얼어 죽을 정도라 궁인(宮人)들이 분주히 불을 구하였지만 불을 구해주는 사람은 있지 않았고, 모두들 "이때에 무슨 수로 불을 구한단 말인가?" 하였답니다. 어한명은 벌컥 성을 내며 말하기를, "매우 심한 추위를 녹이려는데 어찌 반드시 땔감이어야 한단 말인가? 사방의 촌락에 산더미같이 쌓아둔 풀들도 땔만하다."고 하였습니다. 즉시 관리를 시켜서 마른 풀을 가져다가 땔나무로 삼아 불을 지피니, 일행은 덕분에 따뜻해질 수 있었습니다. 어한명은 밤새도록 자지 않고 수색하여 숨어있던 나루사람들을 잡아들이고, 배를 젓는데 필요한 여러 도구들을 정비해 두었

다가, 첫새벽 닭이 울기를 기다려서 조수를 타도록 하여 또한 잘 건
너게 할 수 있었습니다.

아아, 못된 오랑캐들이 창궐하여 국운(國運)이 험난한데, 군사를
거느린 신하들은 구원하러 나오지도 않고, 지방수령들은 도망쳐서
쥐처럼 숨기만을 생각하였습니다. 그 직책에서 소임을 다한 자가
있을진댄 반드시 그 충성을 칭송하고 그 공적을 포상하는데, 하물
며 직분 밖의 일을 다한 자야 말하여 무엇 하겠습니까? 그렇다면
어한명이 위급한 때를 만나 직분 밖의 큰일을 치른 것은 의리를 보
인 것이 분명하고, 흩어져 도망치려는 사람들을 불러다가 대군의
거가(車駕)를 호송한 것은 충성을 다한 것이 성대합니다. 그 때를 당
하여 어한명이 보인 의리와 바친 충성이 아니었다면, 우리 인열왕
후의 혼전(魂殿)과 우리 봉림대군의 거가 그리고 빈궁과 원손에 이
르기까지 어떻게 빨리 강화도로 건너실 수 있었겠습니까? 이것이야
말로 그가 왕자를 따른 노고와 왕자를 호종한 공적을 속일 수 없는
것이옵니다.

어한명은 병란이 끝난 후에 세상에 뜻을 두지 않고 시골로 물러
가서 지낸 10여 년 동안 다시는 벼슬살이를 하지 않다가 죽었습니
다. 죽은 지 2년 뒤에 효종이 보위(寶位)에 오르셨는데, 경연(經筵)에
서 말씀하시다가 강도(江都)의 일에 미치자 물으시기를, "그 당시 한
수운판관이 아니었다면 건너갈 수가 없었을 것이다. 그의 성명이
무엇인지 알지 못하는가?" 하니, 연신(筵臣 : 경연에 관계하던 벼슬아치)
들이 대답하지 못했고, 또 다른 날에도 재차 물으셨지만 역시 어한

명이라고 아뢴 사람이 없었습니다. 대체로 어한명은 사람됨이 충직하고 온후하여 겸손하게 처신하여서 그 공을 자랑하지 않았고 그 일을 말하지 않았던 데다, 또 그의 벼슬이 낮고 이름을 숨겨서 조정의 신하들은 어한명이 이러한 공이 있고 이러한 일이 있었는지를 알지 못하였기 때문에, 한 번도 제대로 알려져서 성스런 조정으로부터 포상을 받은 적이 없었으며, 끝내 자취도 없이 사라질 지경입니다. 이것은 저 전한(前漢) 때 병길(丙吉)이 황제의 증손자를 구한 일을 말하지 않은 것과 세대를 뛰어넘어 똑같이 부합하며, 저 진(晉)나라 개자추(介子推)가 녹(祿)을 말하지 않아 녹이 미치지 않은 것과 또 불행히도 근사합니다. 그의 참된 충성이 순수하여 공리(功利 : 공명과 이욕)가 섞이지 않은 것은 신명(神明)께 물어보아도 바를 것입니다. 신(臣)들이 '숨은 것을 마땅히 나타나게 해야 하고, 묻힌 것을 마땅히 드러나게 해야 한다.'고 말하는 것은 이 때문입니다.

그래서 식견이 있는 사람들이 그의 침굴(沈屈 : 영락한 신세)을 원통하고 애석하게 여겨 성스런 조정에 드러내려고 한 것이 이미 오래되었습니다. 지난날 선정신(先正臣) 문순공(文純公) 권상하(權尙夏)와 문간공(文簡公) 김창협(金昌協)의 글에 이르기를, "나는 생각건대, 세상의 교화가 쇠퇴해져서 사대부들이 이익만 알고 의리는 제대로 알지 못하여 변고를 한번이라도 만나면 각기 제 몸만을 생각할 것이다. 비록 그 맡은 일이 관계있을지라도 또한 관망만 할 뿐이고, 게다가 맡은 일이 아닌 이외의 것에 온 힘을 다하여 충성을 바쳐서 나라의 위급함을 구제하는데 공이 했듯이 하는 것은 어찌 더욱 어

렵지 아니하랴. 그러나 충성과 공로의 실상은 한평생을 다하고 세
상을 떠날 때까지 밝혀지지 않았으니, 또한 어떻게 세상 사람들에
게 충성하라고 권면할 것이랴. 옛날 당(唐)나라의 선종(宣宗)이 백민
중(白敏中)에게 묻기를, '헌종(憲宗)의 장례를 치를 때 길에서 비바람
을 만나 백관(百官)들은 모두 피했지만 오직 나이 많고 수염 많은 자
만은 영구(靈柩)를 실은 수레를 붙들고 놓지 않았다는데, 누구인지
알지 못하는가?' 하자, 백민중이 영호초(令狐楚)라고 대답했다. 선종
은 그의 아들 영호도(令狐綯)를 지제고(知制誥)로 발탁하였다. 공이 나
라가 위급하고 어려운 때에 바친 충성을 어찌 비바람을 만나 영구
수레를 붙들고 있었던 것에 비길 수 있으랴. 그리고 성스러운 우리
효종대왕께서 오랜 뒤에라도 하문(下問)하신 것은 그 뜻이 또한 어
찌 우연한 것이겠는가? 애석하게도 조정의 신하들이 끝내 그 뜻을
받들어 백성들에게 널리 알리려는 자가 있지 않아서, 충성을 장려
하려던 효종의 뜻이 막혀 이루어지지 않았으니 더욱 개탄할 일이
다." 하였고, 권상하의 글에 이르기를, "인조(仁祖) 초기에 많은 선비
들이 훌륭하였고 성균관 유생의 우두머리는 반드시 당대에 으뜸인
선비들 가운데서 선발했는데, 이때 수운판관(水運判官) 어공(魚公)이
이름난 진사로서 사론(士論)을 주장하여 명성과 덕망이 자자하였다
고 한다. 지금 공의 강도일기(江都日記)를 보니, 진실로 평소 의리와
이해를 구분하는 데에 본디 밝은 분이 아니라면, 국난을 당하여 다
급한 때에 어찌 맡은 일이 아닌 이외의 것에 온 힘을 다하여 충성
을 바친 것이 이와 같을 수 있겠는가? 이는 기리어 숭상하고 발탁

하여서 충성스럽고 의리 있는 선비를 떨치고 일어나게 함이 마땅한데도, 공이 스스로 자랑하지 않았으니 세상은 아는 자가 없었다. 심지어 성스러운 우리 효종대왕께서 경연(經筵)에서 여러 차례 물의셨지만 그 뜻을 받들어 백성들에게 널리 알리려는 자가 있지 않았고, 끝내 당시의 충성을 무지몽매하여 드러내지 못했다. 나는 때문에 들추어내어서 후세 사람들에게 보이는 바이다." 하였습니다.

무릇 두 선정신(先正臣)은 한 나라의 원로(元老)요, 후생들의 사표(師表)입니다. 그 분들의 한마디 짧은 말과 글자들일망정 남들에게는 자랑거리요, 어느 한 글자도 삭제할 수 없는 공안(公案 : 공정하여 범할 수 없는 글)으로 백세토록 전하지 않을 수 없으니, 지금 이처럼 어한명의 일을 서술하여 드러내고자 하는 것은 어찌 신들이 입언(立言 : 훌륭한 말)은 징험할 만하고 돈사(惇史 : 미더운 일을 써 놓은 기록)는 믿을 만하다고 일컬었던 것이 아니란 말입니까? 그러면 신들이 청을 더욱 어찌 그만둘 수가 있겠사옵니까? 하물며 금년이 때맞추어 구갑(舊甲)인 병자년이니 더 말해 무엇 하겠습니까? 조정이 충성을 기리고 공적을 기록하는 것은 거의 없었던 광전(曠典 : 귀중한 大典)이고, 유독 어한명의 저와 같은 충의에 대해 기록하거나 기린 바가 없었으니, 숨어 있는 것을 나타내고 묻힌 것을 드러내는 뜻이 어디에 있겠습니까? 신들이 고(故) 증 좌참찬 어한명의 충의(忠義)와 공렬(功烈 : 드높고 큰 공적)로써 아뢰오니, 해조(該曹 : 禮曹)로 하여금 높은 품계를 추증하고 아름다운 시호를 내려 저승의 충혼(忠魂)을 위로하옵고, 백세의 공의(公議)를 펼쳐 우리 효종대왕께서 경연에서 재차 하문하셨던 지극한 뜻에 답하소서. 간절히 기원하는 마음을 금할 수 없어 삼가 성상의 은혜를 입고자 바라오니, 차서(次序)를 갖추어서 잘 계달하실 일에 바라옵는 일이라고 아뢰옵니다.

가경(嘉慶 : 淸나라 仁宗의 연호) 21년(1816) 8월 일

유학(幼學) 신하:

심능철	홍영섭	김만희

진사(進士) 신하:

윤 완	이택현	김재준	조기항
이정리	이관구	홍길주	신태유
이일용	심의익	김정희	김명희
김상일	이장익	박광호	심원조
심의관	서홍보	이문용	황 협
이근오	홍직모	송상래	신기조
류지화	서유여	김용근	신효선
이동헌	서유찬		

유학(幼學) 신하:

이종석	신재정	이병겸	심의병
윤지선	이정의	박종간	박제헌
박제신	한문유	김내순	이정의
김동헌	박제익	조학검	홍종영
김대균	김성순	김홍순	김윤근

심의진   김연근   김좌근   심능대
이의택   신석구   조학점   민태용
오 황   심의경   김병주   유광주
이면우   김태현   홍응모   이인화
조기승   박기호   박태호   심석규
신명출   심의우   이배수   홍기섭
김노광   오치문   김유희   이관수
이 주   박일환   류 의   김영순
이정소   권오응   임천백   김덕희
임최상   이 고   조병관   윤치도
윤치규   윤치수   이인원   신우선
윤치구   한명교   류 선   이재건
윤 수   정세창   김인주   유장주
서현보   조재성   서유위   한영교
홍재긍   류득용   권중검   이녹재
윤상일   김대연   김용연   심의석
민치항   이인수   김달연   이종렴
이인엽   민단현   김동직

中外儒生[1]幼學[2] 臣 沈能喆等 上言

本年同月十九日，明陵[3]幸行時上言[4]。都承旨朴宗薰,[5]　次知[6]二十日入啓[7]

右謹啓。臣矣段,[8]　臣矣身[9]等。伏以[10]今太歲,[11]　卽崇禎丙子三囬甲也。猗我聖朝，繼述祖宗之事，當時倡義之士·效忠之臣，其有未盡

---

1) 儒生(유생) : 성균관이나 서원 또는 향교에서 修學하는 선비를 말함.
2) 幼學(유학) : 생원과 진사를 선발하는 소과에도 아직 합격하지 아니한 선비를 말함.
3) 明陵(명릉) : 조선 제19대 왕 肅宗과 그의 繼妃 仁顯王后 驪興民氏와 仁元王后 慶州金氏의 능. 경기도 고양시 서오능에 있다.
4) 上言(상언) : 신하가 사사로운 일로 임금에게 글을 올리던 일.
5) 朴宗薰(박종훈, 1773~1841) : 본관은 潘南, 자는 舜可, 호는 荳溪. 1798년 사마시에 합격하고, 1802년 정시 문과에 급제, 弘文館正字, 藝文館待敎, 홍문관의 副校理·應敎, 議政府舍人 등을 거쳐 1807년 通政大夫에 오르고, 승지·대사성을 역임하였다. 1823년 進賀正使로 청나라에 다녀온 뒤 예문관·규장각·홍문관의 제학 및 육조의 판서와 한성부판윤·대사헌·우빈객·좌빈객·兼諭善·광주목사·평안도관찰사·판의금부사·좌참찬 등을 거쳐 1834년 우의정에 올랐다. 같은 해 순조가 죽자 行狀을 지었고, 이어 告訃正使兼奏請使로 청나라에 다녀왔다.
6) 次知(차지) : 담당하다 또는 관리하다는 뜻.
7) ≪승정원일기≫와 ≪순조실록≫의 1816년 10월 20일자에 기사가 수록되어 있어, 그 날짜를 알 수 있음.
8) 矣段(의단) : 矣身段의 준말. '저는'이라는 뜻.
9) 矣身(의신) : '저'라는 뜻.
10) 伏以(복이) : 신하가 군주에게 공경의 말을 꺼낼 때 쓰는 말.
11) 太歲(태세) : 그해의 干支.

崇報者, 則或因大臣筵奏,[12] 或因章甫[13]疏請, 莫不爲之表揚而闡發之,
各得其宜, 靡所不擧。其所以明彝倫於百代, 樹風敎於四方者, 於乎! 盛
矣。

然臣矣身等, 竊以爲莫非忠也而顯幽之爲貴, 莫非義也而闡微之爲
美。是以, 朱夫子於衛士之忠[14]·僧人之功,[15] 必盛言而詳記之。盖幽
而不顯者彰而顯之, 微而不闡者著而闡之, 然後咸知夫忠之必顯, 義之
必闡, 無不爲之, 奮勵激仰, 以自勉焉。此其爲世而然也。

但其幽微之甚, 則或慮事實之差, 而一有立言[16]之可徵, 惇史[17]之可
信, 昭然難誣者, 則尤不可不表而揚之, 闡而明之。如故贈左參贊臣魚
漢明, 丙子[18]沁都[19]扈聖之事[20]是已。嗚呼! 當時之事, 尙忍言哉? 狼
烟[21]西起, 豕突[22]東馳, 四日之內, 直犯郊坰, 國家之所恃, 惟是彈丸沁

---

12) 筵奏(연주) : 經筵에서 임금에게 직접 아뢰는 것.
13) 章甫(장보) : 孔子가 썼다는 갓 이름. 儒生을 일컫는 말로 쓰인다.
14) 衛士之忠(위사지충) : ≪宋史≫<列傳·忠義3·唐琦傳>에, 宋나라 唐琦는 본래 衛
    士였는데 자기의 원수였던 李鄴이 金나라에 항복하자 분함을 참지 못하여 기왓
    장으로 그를 저격했으나 뜻을 이루지 못하고 피살된 것을 일컬음.
15) 僧人之功(승인지공) : ≪宋史≫<列傳·忠義10>에, 代州 사람인 眞寶의 고사를 가
    리킴. 진보는 五臺山 중이 되었다가 靖康(宋欽宗의 연호)의 난리 때 僧徒를 모아
    무예를 익힌 다음 官軍을 도와 적을 막았지만, 끝내는 적장에게 생포되었는데
    오랑캐를 따르지 않고 조금도 비굴한 빛을 보이지 않은 채 피살당했다고 한다.
16) 立言(입언) : 후세에 남겨 교훈이 될 만한 말을 함.
17) 惇史(돈사) : 德行 있는 사람의 언행을 기록하여 후인들의 본보기가 되게 하는
    것.
18) 丙子(병자) : 인조 14년인 1636년.
19) 沁都(심도) : 강화도의 별칭.
20) 扈聖之事(호성지사) : 봉림대군 등을 강화도로 무사히 건너게 한 사실을 일컬음.
21) 狼烟(낭연) : 이리 똥을 태워서 낮에 올린 연기. 북쪽의 병화를 일컫는 말이다.
    예전에는 가장 빨리 소식을 통보하는 방법이 烽火였는데, 그 봉화가 낮에는 멀

都,23) 而賊騎已迫, 大駕無以得達, 轉向南漢。而惟孝宗大王, 時在鳳林潛邸, 與獜坪24)大君, 白衣匹馬, 來臨通津, 流澌滿江, 了無片帆, 一帶沁都, 便同天限。賊騎在後, 一刻少緩, 則國事罔措。此乃居留之臣,25) 津土之官, 所當責者, 而無一人來待者。

先時漢明, 以左道水運判官, 爲運戶曹卜物, 領率站舡26), 泊于津畔, 以候卜物之來。及聞孝考27)車駕將至, 乃自念曰："余之職掌, 擔28)在本曹卜物, 而顧今令國家板蕩,29) 乘輿30)播越,31) 守土之官, 旣無至者, 則本曹之職務, 輕於鴻毛,32) 殿宮之利涉,33) 重於泰山。臣子之義, 唯當臨急處變, 豈可以諉非臣之任, 而不爲之贊行乎?" 遂爲艤舡,34) 濟

리 보이지 않았다.
22) 豕突(시돌) : 산돼지처럼 앞뒤를 헤아림 없이 함부로 달려들음.
23) 彈丸沁都(탄환심도) : ≪정조실록≫ 1781년 12월 9일 3번째 기사에 경기관찰사 이형규가 국경수비에 대해 아뢴 상소문을 보면, 이 표현이 나오는데 '탄환처럼 작은 섬'이라 하였음.
24) 獜坪(인평) : '麟坪'의 오기.
25) 居留之臣(거류지신) : 留守 벼슬에 있는 신하. 유수는 조선 시대에, 수도 이외의 요긴한 곳을 맡아 다스리던 정2품의 外官 벼슬인데, 개성·강화·광주·수원·춘천 등지에 두었다.
26) 站舡(참강) : 水站船. 漕運船의 水難을 막기 위하여 水路에서 앞장서서 引導하는 작은 배.
27) 孝考(효고) : 孝宗을 이르는 말.
28) 掌, 擔(장, 담) : 이 두 글자는 원문의 글자를 판독하기 어려워 유추한 글자임.
29) 板蕩(판탕) : 나라의 형편이 정치를 잘못하여 어지러워짐을 이르는 말. ≪詩傳≫ <大雅>의 板과 蕩 두 편이 모두 문란한 政事를 읊은 데서 유래하였다.
30) 乘輿(승여) : 임금이 타던 수레.(大駕)
31) 播越(파월) : 임금이 도성을 떠나 다른 곳으로 피란하던 일.(播遷)
32) 鴻毛(홍모) : 기러기의 털이라는 뜻으로, 매우 가벼운 사물을 이르는 말.
33) 涉(섭) : 원문의 글자를 판독하기 어려워 유추한 글자임.
34) 艤舡(의강) : 艤船. 출항할 준비를 마쳐서 부두에 대고 있는 배.

屯35)之策, 卽招募津民, 曉以大義曰："國家不幸, 賊兵猝至, 殿宮將臨, 候宮36)不至。汝輩居在海濱, 必習操舡, 一番遇涉, 何敢憚勞乎?" 時國勢遑急, 人心獰頑, 村氓聽若不聞, 皆懷逃散。漢明慷慨, 雪涕勵聲, 叱之曰："汝曺獨非我國之民乎? 殿宮窘急至此, 而汝輩無急濟涉, 是何道理? 違者斬." 村民始乃感歎讋服, 咸趨其令。

於是, 招募沙格四十輩, 修飭舡具, 整備以待, 而我孝考車駕至矣。漢明進謁於津岸村扉之外,　先請大駕所在,　孝考泣而下敎曰："已向南漢矣." 漢明但流涕頓足已而。卽見孝考御津土, 則奉席而上之, 聞孝考闕朝供,　則懷米而進之,　至承辭謝之敎。噫!　馮異之麥飯豆粥,37)　李恒福38)之執燭前導,39)　可謂匹美並稱矣。

孝考嘉其義, 下詢曰："君爲誰?"　漢明對以職名, 且奏曰："小人方爲領運戶曹卜物, 待令于此, 卽聞殿宮行次, 顚越將至, 已令修舡以待."

---

35) 濟屯(제둔)：濟屯難. 몹시 어려운 때를 구제함.

36) 宮(궁)：'官'의 오기.

37) 馮異之麥飯豆粥(풍이지맥반두죽)：馮異와 光武帝 劉秀의 고사를 일컬음. 광무제가 황제가 되기 전에 饒陽의 無蔞亭에서 풍이에게 팥죽을 대접받아 배고픔을 면하고, 또 南宮에 이르러서 보리밥을 대접받은 뒤에 滹沱河를 건너갔는데, 제위에 오르고 나서 풍이에게 "창졸간에 무루정에서 대접받은 팥죽과 호타하의 보리밥에 대한 후의를 오래도록 보답하지 못했다.(倉卒無蔞亭豆粥, 滹沱河麥飯, 厚意久不報.)"라고 하면서 값진 물건을 하사한 고사이다.

38) 李恒福(이항복, 1556~1618)：본관은 慶州. 일명 鰲城大監. 자는 子常, 호는 鰲城·弼雲·白沙·東岡. 임진왜란 때 병조판서로 활약했으며, 뒤에 벼슬이 영의정에 이르렀다. 광해군 때에 인목대비 폐모론에 반대하다 北靑으로 유배되어 죽었다.

39) 執燭前導(집촉전도)：임진왜란 당시 4월 그믐날 선조가 의주로 파천하려고 대가가 출발하려는데 칠흑 같은 한밤중이라 중전이 시녀를 데리고 仁和門으로 걸어 나가자, 이항복이 촛불을 잡고 앞에서 인도했던 사실을 일컬음. 張維가 쓴 이항복에 行狀에 나온다.

逐俟潮至，飭勵沙格，各令效死。孝考又下敎曰：“吾一行，人馬甚衆，三舡定送.” 漢明對曰：“安敢計數? 惟當盡蟻以俟矣.”

未幾，又有一行，成羣步來，其中一人，着紫巾，負紫袱，乃是掖隷，而所負卽仁烈王后魂殿也。漢明逾益驚泣，傍求草屯張十，舡所就以奉安。是時，闕內大小男女，咸聚津頭，皆以白衣掩面，上下混同，貴賤莫辨，而遍滿沙上，白色如練，盖緣仁烈王后喪期未盡也。漢明，皆護送舡次，得以利涉，猶守海口，飭諭舟子曰：“莫險海路，盡心護行.” 大君行次，旣涉沁都，而海口更無舡矣。

俄望後峴，又有馬轎之行，趕到津頭，卽嬪宮元孫也。轎無扶持，不能踰峴，漢明又募民丁,[40] 護行以來，陪其後者，惟承旨韓興一一人矣。漢明遍搜海口，只有站舡一隻，方滿載人馬而將發，漢明叱令下之，乃得以上舡,[41] 如是之際，潮水已退，無以行舡。嬪宮元孫，還爲下陵，止宿于村家，則夕水剌又闕供，漢明亟懷薏苡而進之。是夜寒甚，上下皆凍，宮人奔走求火，莫有與者，皆云“此時何以得炭?” 漢明忿然曰：“救寒之大，何必炭? 爲四處村落，如山積艸，無非可火.” 卽使吏取藁以爇火，一行賴以取煖。漢明達宵不寐，搜括潛伏之津民，整備操舟之諸具，候鷄乘潮，亦得以利涉焉。

嗚呼! 驕虜[42]猖獗，天步艱難，擁兵之臣，蟻援[43]不至，守土之官，鼠竄惟意。一有盡分於職者，必稱其忠，褒其功，況其出於職分之外者乎?

---

40) 民丁(민정)：賦役 또는 軍役에 소집된 남자.(壯丁)
41) 上舡(상강)：上典이 탈 배.
42) 猖獗(창궐)：못된 세력이나 전염병 따위가 세차게 일어나 걷잡을 수 없이 퍼짐.
43) 蟻援(의원)：구원하러 온 군사를 이르는 말.

然則, 漢明之遇危急之會, 辦大事於職分之外者, 見義之明也, 招散亡之人, 護聖駕於呼吸之間者, 效忠之盛也。當此之日, 如非漢明之見義而效忠, 則惟我聖后之魂殿, 聖祖之御駕, 以至嬪宮元孫, 何以趂卽渡涉乎? 是其從龍[44]之勞, 扈聖之功, 有不可誣者矣。

　漢明自亂後, 無意當世, 謝棄擧業, 屛居田野, 十餘年爵祿, 不復及身而歿。歿後二年,[45]　孝考登大寶矣, 臨筵語及江都事曰：“其時非一運判, 無以爲濟。但不知姓名爲誰?” 筵臣莫能對, 他日再詢, 而亦無以漢明奏者。盖漢明之爲人, 忠厚謙牧, 不伐其功, 不言其事, 且其位卑而名晦, 同朝之人, 莫能知漢明之有是功‧有是事, 故未能一聞, 聖朝得蒙褒錄, 而竟歸湮沒而止。此與丙吉之不言皇曾孫事,[46] 可謂曠世同符, 而介子推之不言祿,[47] 祿亦不及者, 又不幸近之矣。是其眞忠純一不雜雜

---

44) 從龍(종룡)：≪周易≫<乾卦‧九五‧文言>의에 “구름은 용을 따르고 바람은 범을 따른다.(雲從龍, 風從虎)”에서 나온 말. 효종이 된 봉림대군과의 만남을 뜻한다.

45) 歿後二年(몰후이년)：1650년. 효종의 원년이다.

46) 丙吉之不言皇曾孫事(병길지불언황증손사)：丙吉은 前漢 때 魯나라 사람. 자는 少卿이며, 宣帝 때 丞相을 지낸 인물이다. 황제 武帝의 증손자인 劉病이 衛太子의 사건에 연좌되어 투옥 당하게 되자, 丙吉은 유병을 옥에 가두는 것은 옳지 않다고 생각하여 민가로 옮겨 기르게 했던 고사를 일컬음. 병길은 이런 일을 자랑하지도 않았고 더욱이 유병 앞에서는 말하지 않았는데, 그 뒤 유병이 宣帝로 즉위하여 이를 알고 博陽侯로 봉했다고 한다.

47) 介子推之不言祿(개자추지불언록)：≪春秋左氏傳≫ 僖公 24년조에 나오는 介子推의 고사를 일컬음. 晉나라 文公이 공자 重耳의 신분으로 19년 동안이나 타국에 망명하다가 본국으로 돌아와 즉위한 다음, 자신을 모시며 고생한 사람을 論賞하면서 介子推의 공을 잊고 祿을 주지 않았는데, 이에 개자추가 아무런 말도 하지 않은 채 어머니를 모시고 綿山에 은거하였다. 뒤늦게 문공이 산으로 찾아가 그를 나오게 하려고 산에 불을 질렀는데, 개자추는 끝내 나오지 않고 어머니와 함께 나무를 껴안고 불에 타 죽고 말았다. 이에 문공이 크게 슬퍼하여, 산 아래 사당을 지어 제사를 지내게 하고 그가 불에 타 죽은 날에는 불을 피워 음식을

功利者, 可質神明而正。臣矣身等, 所謂幽而冝顯, 微而冝闡者, 此也。

以故有識之人, 重爲之沈屈[48]冤惜, 欲一表章於聖朝者, 厥惟久矣。昔先正臣文純公權尙夏・文簡公金昌協之文, 有曰：“余惟世敎衰, 士大夫知利而不知義, 一遇變故, 各私其身。雖其職事所在, 亦且觀望, 況能於職事外, 出力效忠, 以濟國家之急, 如公之爲者, 豈不尤難哉? 然忠勞之實, 沒世不白, 亦何以勸世之爲忠者哉? 昔唐宣宗, 問白敏中曰：‘憲宗之喪, 道遇風雨, 百官皆散, 惟長而多髯者, 攀靈駕不去, 不知誰也?’ 敏中以令狐楚對。宣宗遂擢其子綯知製誥。公之效忠急難, 豈直風攀駕之比? 而我聖祖, 垂問於久遠之後者, 其意豈偶然哉? 昔乎! 廷臣莫有對揚者, 使聖祖獎忠之意, 闕而不遂, 尤可慨也.” 權尙夏之文, 有曰：“仁祖初載, 多士思皇, 賢關執耳, 必極一時之選, 時判官魚公, 以名進士, 主張士論, 聲望藹蔚。今見其江都日記, 苟非平日素明於義利之分者, 臨亂倉卒, 惡能出力效忠於職事之外若是哉? 是冝褒尙拔擢, 以興起忠義之士, 而公不自伐, 世無知者。至於聖祖臨筵屢問, 而莫有所對揚者, 終使當日之忠, 闇昧不章。余故表而出之, 以示來後.”

夫二先正, 卽一國之蓍龜,[49] 後生之師表也。其片言隻字之獎詡於人

익히지 말고 미리 만들어 놓은 찬 음식을 먹게 하였으니, 이날이 바로 寒食이다. 면산은 그 후 介山이라 불리게 되었다.

48) 沈屈(침굴) : ‘아주 보잘것없이 구차하게 되다’는 뜻으로, 영락한 신세를 의미.

49) 蓍龜(시귀) : 점칠 때 쓰는 蓍草와 거북. ≪周易≫<繫辭傳>의 “숨겨진 것을 찾고 심원한 것을 끌어내어 천하의 길흉을 정하고 천하의 힘써야 할 일을 이루는 것은 시초와 거북보다 더 큰 것이 없다.(探賾索隱, 鉤深致遠, 以定天下之吉凶, 成天下之亹亹者, 莫大乎蓍龜.)”고 한 말에서 나온 것으로, 믿고서 의지할 수 있는 ‘나라의 元老’를 일컫는다.

者，莫非不刊50)之公案而可傳百世，則今此爲漢明之事，叙述而表章之
者，豈非臣矣身等所謂立言之可徵，惇史之可信者耶? 然則，臣矣身等之
請，尤安可已也? 况是今年適會舊甲51)? 朝家之所以襃忠記功者，幾無
曠典，52) 而乃獨於魚漢明之如彼忠義，而無所記襃，則烏在其顯幽闡微
之義也哉? 臣矣身等，請以故贈左參贊臣魚漢明之忠義功烈，53) 令該
曹54)贈以崇秩，賜以美諡，以慰九原之忠魂，以伸百世之公議，以答我聖
祖臨筵再詢之至意。不勝祈懇之至， 伏蒙天恩爲白良結望良白去乎，55)
詮次善啓向教是事望良白內臥乎事是亦56)啓。

嘉慶57)二十一年八月　日

幼學臣：

沈能喆	洪永燮	金晚喜

進士臣：

尹　浣	李宅鉉	金載駿	趙基恒
李正履	李觀九	洪吉周	申泰有
李一容	沈宜益	金正喜	金命喜
金商一	李章翼	朴光浩	沈源祖

---

50) 不刊(불간) : 고칠 수 없음. 없앨 수 없음.
51) 舊甲(구갑) : 현재와 같은 60년 전의 干支.
52) 曠典(광전) : 오래도록 거행하지 않은 典禮. 혹은 귀중한 大典이나 法制.
53) 功烈(공렬) : 드높고 큰 공적.
54) 該曹(해조) : 관할하는 정부부서.
55) 爲白良結望良白去乎(위백량결망양백거호) : ‘하옵고자 바라오니’의 이두 표기.
56) 向教是事望良白內臥乎事是亦(향교시사망량백내와호사시역) : ‘하실 일에 바라옵는
　　일이라고’의 이두 표기.
57) 嘉慶(가경) : 淸나라 仁宗의 연호(1796~1820).

沈宜觀	徐鴻輔	李文容	黃 祾
李根五	洪直謨	宋祥來	申蘷朝
柳之和	徐有奮	金龍根	申孝善
李東獻	徐有纘		

幼學臣:

李鍾晳	申在正	李炳謙	沈宜秉
尹止善	李鼎儀	朴宗侃	朴齊憲
朴齊臣	韓問裕	金來淳	李正誼
金東獻	朴齊弋	趙學儉	洪鍾英
金大均	金成淳	金弘淳	金胤根
沈宜晉	金淵根	金左根	沈能大
李義宅	申錫龜	趙學點	閔泰鏞
吳 熀	沈宜敬	金炳周	兪廣柱
李勉祐	金台鉉	洪應謨	李寅和
趙基升	朴氣浩	朴泰浩	沈錫圭
申命尤	沈宜寓	李培秀	洪箕燮
金魯廣	吳致聞	金有喜	李觀洙
李 株	朴馹煥	柳 議	金英淳
李鼎沼	權五應	任天白	金德喜
任最常	李 埠	趙秉觀	尹致道
尹致逵	尹致遂	李寅元	申友善
尹致久	韓命教	柳 蕭	李在建

尹　洙　　鄭世昌　　金人柱　　俞長柱

徐賢輔　　趙在星　　徐有偉　　韓英敎

洪在兢　　柳得鏞　　權中俔　　李祿在

尹庠一　　金大淵　　金護淵　　沈冝奭

閔致恒　　李寅秀　　金達淵　　李宗濂

李寅燁　　閔端顯　　金東直

홍우정과 어한명에게 시호를 내리고,
김상건·박충검에게 정려를 시행하게 하다
≪순조실록≫ 1816년 10월 20일조 1번째 기사

예조에서 유생이 올린 상소와 상언(上言)으로 인하여 아뢰었다.

"증 참의 홍우정(洪宇定)은 이미 정경(正卿)으로 끌어올려 증직한 은전을 입었으니, 시호를 내리는 것이 마땅하겠습니다. 증 승지 김상건(金象乾)은 바로 문열공(文烈公) 김천일(金千鎰)의 맏아들인데, 임진왜란에 부자(父子)가 동시에 절의를 세웠으므로 선묘조께서 관원을 보내어 제사를 지냈고, 고 통덕랑 박충검(朴忠儉)은 문열공(文烈公) 조헌(趙憲)의 수제자인데, 금산(錦山)의 전투에서 스승과 같이 순절하여 절의가 빛났으니, 정려(旌閭)의 은전을 시행하도록 허락하는 것이 합당할 듯합니다. 증 참찬 어한명(魚漢明)은 병자호란 때 임금을 호종한 큰 공적이 있었는데, 그 사실이 선정신(先正臣) 권상하(權尙夏)·김창협(金昌協)의 글에 자세히 기록되어 있으니, 이번에 시호를 내려 달라고 청하는 것이 공론이라는 것을 알 수 있습니다. 홍우정과 어한명에게는 모두 시호를 내리고, 김상건·박충검에게는 모두 정려를 시행하게 하는 것이 진실로 교화를 세우고 절의를 장려하는 도리라고 하겠습니다."

상이 이에 그대로 따랐다.

○乙未/禮曹因儒疏及上言啓言：“贈參議洪宇定，旣蒙正卿超贈之典，則合施節惠。贈承旨金象乾，卽文烈公千鎰之長子，壬辰之亂，父子同時立懂，宣廟朝，遣官侑祭，故通德郎朴忠儉，文烈公趙憲之高弟，錦山之戰，與師同殉，節義炳烺，綽楔之典，恐合許施。贈參贊魚漢明，丙子扈聖之偉績，備在於先正臣權尙夏·金昌協文字，今此節惠之請，可見公議。宇定·漢明，并施以贈謚，象乾·忠儉，并施以旌閭，允爲樹風奬節之道.” 從之。

≪승정원일기≫ 1816년 10월 20일조[1]

朴宗薰, 以禮曹言啓曰 : "因慶尙道幼學金璟燦等, 忠淸道進士金志泰等, 中外儒生幼學沈能喆等, 全羅道幼學金世一等, 報恩幼學金慶烈等上言, 吏曹覆啓內, 贈諡及旌閭之請, 非臣曹所關, 令禮曹稟處事, 允下矣。

觀此各人等上言, 則金璟燦等以爲, 星州人麗朝贊成都膺, 當聖祖龍興之初, 特降手書, 除典醫少監·興威衛左將軍·龍武衛右領將軍·司鍊大將軍, 前後凡五徵不就, 又特賜京倉米一百七十斛而不受, 上箋辭職, 慨然以名義倫綱之不可貳自誓, 聖祖特嘉其節, 賜以靑松堂之號。又賜詩曰 : '愛看靑松節, 貞幹手以摩, 寒岡千仞上, 霜雪不曾磨.' 手書恩帖, 尙今寶藏, 寵命如昨, 兵曹佐郎都衡, 其弟處士都勻, 以都膺之族孫。孝友篤行, 爲世所推, 同遊於先正臣金宏弼之門, 而都衡則中廟己卯, 被賢良薦, 因發策登第, 逮北門之禍, 削籍家居, 歲朝月朔, 北面四拜, 以伸戀闕之誠。都勻則自其兄被削之後, 杜門潛究於性理之學, 所著天人策及性理會纂·考經集解等書, 皆可以按其實行, 文穆公鄭逑, 嘗稱其兄弟

---

1) 이 글 가운데 어한명에 해당하는 부분은 앞에서 살핀 글들과 동일하기 때문에 원문만 제시한다.

曰：'星鄉先覺之正人.' 又曰：'誠孝至行.' 人無間言，請施三賢旌閭之典云。

金志泰等以爲，懷德故學生宋宜鉉，即節士愉之後，文元公宋明欽之高弟也。早失怙獨與母居，恒抱至痛，以事父之道事母，每當親劑之時，則憂形於色，衣不解食不甘，夜候寢門，藥餌枕簟廁牏之事，躬自執而不委婢御，其母享遐壽而死，則宜鉉年已六旬，時月之制，棺斂之節，備盡情禮，三年居廬，不脫経帶，省墓之外，足不出門，哭泣無時，血淚流襟，以至眼眚損明，身後無稱，公議抑鬱，亟施旌閭之典云。

沈能喆等以爲，贈左參贊魚漢明，丙子之亂，以左道水運判官，爲運戶曹卜物，領率站船，泊于津畔，以俟卜物之來，及聞孝考將至，遂爲艤船濟屯之策，即地招募津民，曉以大義，修飭船具，整備以待，孝考嘉其忠義，下詢爲誰，漢明對以職名，未幾又有一行，成群步來，其中一人，乃是掖隷，而所負即仁烈王后魂殿也。漢明驚泣，旁求草芚張干船所，就以奉安，俄望後峴，又有馬轎之行，趕到津頭，則嬪宮及元孫也。漢明又募民丁護行，得以利涉，自亂後無意當世，謝棄學業，屏居田野十餘年，爵祿不復及身，而歿後二年，孝考登大寶臨筵，語及江都事曰，其時非一運判，無以爲濟，但不知其姓名爲誰，筵臣莫能對，蓋漢明爲人忠謙，不伐功不言事，且其位卑而名晦，同朝之人，莫能知也。先正臣文純公權尙夏，文簡公金昌協，皆有敍述，請賜美諡，以伸公議云。

金世一等以爲，羅州贈承旨金象乾，即文烈公千鎰之長子，嘗出入先正臣李珥·成渾之門，家庭之敎訓旣篤，師友之淵源且正，屢登薦剡，皆不就。當龍蛇之變, 文烈倡義討賊, 泣血誓死, 以象乾當一隊, 父子奮烈告猷, 畢竟同時立殣。宣廟聞而震悼, 遣官侑祭, 有曰父忠子孝, 死有耿光, 微卿父子, 誰植綱常? 其後屢被列聖朝致侑之恩, 請依高敬命二子例, 施以旌閭之典云。

金慶烈等以爲, 本縣故通德郎朴忠儉, 自在髫齔, 孝事其親, 友于兄弟, 及長受業於文烈公趙憲, 當壬辰島夷之難, 憲倡率義旅, 以遏其鋒, 忠儉奮身而從。禦賊于報恩之車嶺, 力戰却之, 淸州之戰, 又獲全捷, 至錦山, 賊勢大熾, 憲竟以身殉, 忠儉曰, 從賢師起義兵, 所以忠君報國, 殺身成仁, 惟先生從, 遂死其側。事實載於先正臣文敬公金集, 文正公宋時烈所撰趙憲諡狀及行狀, 而曾因道啓, 只施給復之典, 其後五六十年, 公議久屈, 亟擧旌獎之典云矣。

故贊成都膺之全節前朝, 其族孫故佐郎都衡, 故處士都勻及故學生宋宜鉉之孝行實蹟, 俱合褒獎, 竝令該道, 詳探報來後, 更爲稟處。贈參贊魚漢明丙子扈聖之偉蹟, 備載於先正臣文純公權尙夏, 文簡公金昌協發揮之文字, 實爲百世之公案, 今於節惠之請, 尤可見公議之愈久愈激。贈承旨金象乾, 故通德郎朴忠儉, 一是名父之肖子, 一乃賢師之高弟, 爲國從軍, 誓心討賊, 子死於父, 弟殉於師, 忠孝節義, 至今炳烺, 而褒典之一贈一復而止者, 宜有士論之齎鬱。魚漢明節惠, 金象乾·朴忠儉棹楔之請, 特爲許施, 恐有合於樹風獎節之道, 而俱干恩典, 臣曹不敢擅便, 上裁, 何如?"

傳曰:"依草記施行."

《승정원일기》 1827년 5월 14일조

　　김병조가 홍문관의 말로 아뢰기를, "이번 시호를 논의할 적에 증 좌참찬 어한명 시호의 수망(首望 : 그 첫째)과 이조판서 박윤수 시호 의 부망(副望 : 그 둘째)은 국휘(國諱 : 왕의 이름자를 사용할 수 없도록 한 조치)에 저촉되었는데도 신등이 몽매하게 후보자로 선정하여 올려서 황공하기 그지없사오나, 원래의 시망(諡望 : 공신에게 시호를 내릴 때 미리 세 가지 시호를 의정하여 올리던 것)을 다시 의정(議定)하여 들이도 록 하라는 뜻을 감히 아뢰나이다." 하니, 전교하기를 "알았다." 하 였다.

■■■■

　　金炳朝, 以弘文館言啓曰 : "今此議諡時, 贈左參贊魚漢明諡號首望, 吏曹判書朴崙壽諡號副望, 觸犯國諱, 臣等之矇然擬入, 不勝惶恐, 而原 諡望, 改議以入之意, 敢啓." 傳曰 : "知道."

　　金炳朝, 以弘文館言達曰 : "今此議諡時, 贈左參贊魚漢明諡號首望, 吏曹判書朴崙壽諡號副望, 觸犯國諱, 臣等之矇然擬入, 不勝惶恐, 而原 諡望, 改議以入之意, 敢達." 令曰 : "知道."

《승정원일기》 1827년 윤5월 1일조

정사(政事 : 벼슬아치의 임명과 해임에 관한 일)가 있었다. 이비(吏批 : 이조가 임금에게 주청하여 재가를 받는 일)에 판서 김교근, 참판 박기수는 나아갔고, 참의 권돈인은 나아가지 못했으며, 우승지 서경보는 나아갔다.

고 영부사 김재찬은 문충, 증 예조판서 주세붕은 문민, 증 좌참찬 어한명은 충경(忠景), 고 이조판서 신공제는 정민, 고 공조판서 류당은 효간, 고 이조판서 박윤수는 충헌, 고 지사 김태허는 양무, 고 이조판서 조상진은 익정, 고 이조판서 홍희신은 익정을 시호로 내렸다.

남이무를 예조참의, 이시학을 영릉령, 유춘주를 금부도사, 김병상을 소현묘 수위관, 이계조와 이원배를 민회묘 수위관으로 삼았다.

■■■

有政。吏批, 判書金教根, 參判朴綺壽進, 參議權敦仁牌不進, 右承旨徐耕輔進。卒領府事金載瓚爲文忠, 贈禮曹判書周世鵬爲文敏, 贈左參贊魚漢明爲忠景, 卒吏曹判書申公濟爲貞敏, 卒工曹判書柳戇爲孝簡, 卒吏曹判書朴崙壽爲忠憲, 卒知事金太虛爲襄武, 卒吏曹判書趙尙鎭爲翼貞, 卒吏曹判書洪義臣爲翼靖。以南履懋爲禮曹參議, 李時學爲寧陵令，兪春柱爲禁府都事，金炳祥爲昭顯墓守衛官，李啓祚・李遠培爲愍懷墓守衛官。

▌패부진(牌不進) : 임금의 부름을 알리는 패를 받고도 병이나 사고로 나아가지 못하던 일.

≪승정원일기≫ 1827년 10월 7일조

　　이가우가 이조(吏曹)의 말로 계달(啓達)하기를, "어한명에게 내리신 충경공(忠景公)이라는 시호를 맞아드리는 일을 이달 12일로 광주(廣州) 땅 시골집에 정하여 행하겠다는 것을 감히 계달하나이다." 하니, 명하기를 "알았다." 하였다.

■ ■ ▪

　　李嘉愚, 以吏曹言達曰 : "贈諡忠景公魚漢明延諡, 定行於今月十二日廣州地鄕家云矣, 敢達." 令曰 : "知道."

▌연시(延諡) : 시호를 받들고 나온 선시관(宣諡官)을 그 본가(本家)에서 시호 받는 이의
　　　　　　신주(神主)를 모시고 나와 의식을 행하고 맞아들이는 일.

이조회계
吏曹回啓

같은 날의 상언(上言)이 결재되어 이조(吏曹)에 하달하자, 같은 달 22일 판서 김이양(金履陽)이 회계(回啓 : 신하들이 심의하여 대답하던 일)하였다.

아뢰기를, "유학(幼學) 심능철(沈能喆) 등이 올린 상언의 내용에 근거하여, 증 좌참찬(贈左參贊) 어한명(魚漢明)이 병자호란 때 강화도에서 대군(大君 : 봉림대군 곧 효종)을 호종(扈從)한 공로가 있다고 여기셔서 높은 품계를 추증하고 아름다운 시호를 내리라고 하신 바, 대군의 호종을 부지런하였던 것은 교화를 세우고 장려하는 정사(政事)에 있어서는 별도로 높은 품계를 더해야 하는 거조(擧措 : 행동거지)이오되, 다만 몇 해 전에 대신(大臣)들의 헌의(獻議)는 '상소(上疏)와 상언(上言)이 임금께 전달하려는 것은 같으나 그 전달하는 방법은 다르기 때문에 네 가지 일[四件事] 밖의 것으로 상소를 하지 않고 상언을 하는 것은 사체(事體)상 듣고 놀라워 그대로 두는 것이 좋다'고 아뢴 복주(覆奏)이오니, 이번에 높은 품계를 추증하고 아름다운 시호를 내려달라는 이 호소가 사건사(四件事) 밖에 있기 때문에 사체를 중히 여기는 뜻에 결함이 있을 것이라 그대로 두었으면 하옵니다. 그러

나 시호를 하사해 달라는 청은 이조(吏曹)의 소관이 아니오니, 예조
(禮曹)에 하명하여 처리케 함이 어떠하겠사옵니까?” 하였다.
　아뢰니, 전교하기를 “윤허한다.”고 하였다.

吏曹回啓

同日上言,[1] 啓下[2]吏曹。同月二十二日, 判書金履陽[3]回啓[4]。

啓曰：“卽幼學沈能喆等, 上言內辭緣,[5] 則以爲贈左參贊臣魚漢明, 丙子沁都扈聖之功, 贈以崇秩, 賜以美諡亦爲白乎所,[6] 扈聖致勤, 其在樹獎風聲[7]之政, 合有別加崇秩之擧是乎矣,[8] 第於年前, 大臣獻議[9]中, 以‘上疏與上言, 上徹同而其路則各異, 四件[10]之外, 不以疏以上言者,

---

1) 上言(상언) : 신하가 사사로운 일로 임금에게 글을 올리던 일.
2) 啓下(계하) : 임금에게 올린 啓聞에 대한 임금의 답이나 의견으로 내려진 것. 임금은 계문을 보고 啓字印을 찍어 親覽과 決裁를 마쳤음을 표시하였다.
3) 金履陽(김이양, 1755~1845) : 본관은 安東, 자는 命汝. 1795년 생원으로 정시문과에 급제하였으며, 1812년 함경도관찰사로 있으면서 그 지방의 기강확립에 힘쓰는 한편 고장주민들의 민생고 해결에 노력하였다. 1815년 예조판서와 이조판서를 지내고 이듬해 호조판서가 되어 토지측량의 실시와 세제 및 군제의 개혁, 화폐제도의 개선을 강력히 주장하였다. 1819년 弘文館提學이 되었고, 이듬해 판의금부사를 거쳐 좌참찬에 올랐다. 1844년에는 만 90세가 되어 几杖이 하사되었으며, 그 이듬해 奉朝賀로 있다가 죽었다.
4) 회계(回啓) : 임금의 물음에 대하여 신하들이 심의하여 대답하던 일.
5) 辭緣(사연) : 편지나 말의 내용.
6) 亦爲白乎所(역위백호소) : ‘라고 하온 바’의 이두 표기.
7) 風聲(풍성) : 교육이나 정치의 힘으로 풍습을 잘 교화하는 일.
8) 是乎矣(시호의) : ‘이오되’의 이두 표기.
9) 獻議(헌의) : 윗사람에게 의견을 아룀.

事面[11]駁聽, 置之爲宜.’ 覆奏[12]是白乎則,[13] 今此呼籲於俱, 在四件之
外, 有欠重事面之義, 置之。而贈諡之請, 非臣曹所關, 令禮曹稟處,[14]
何如?”

　　啓傳曰：“允.”

---

10) 四件(사건) : 四件事. 조선시대 임금에게 억울한 일 등에 관해 上言하거나 擊鼓할
　　수 있도록 허용된 네 가지의 일. 즉, 嫡妾分別·刑戮及身·良賤分別·父子分別에
　　관한 사건. 만일 이러한 사건에 관련된 일이 아닌 경우에는 充軍을 하거나 刑推
　　하여 定配함으로써 그 남용을 막았다.
11) 事面(사면) : 事理와 體面을 아울러 이르는 말.
12) 覆奏(복주) : 보내온 공문을 검토하여 임금에게 아룀.
13) 是白乎則(시백호즉) : ‘이온즉’의 높임말에 대한 이두 표기.
14) 稟處(품처) : 윗사람의 명령을 받아 일을 처리함.

예조회계
禮曹回啓

같은 달 23일 밤에 상언(上言)이 결재되어 예조(禮曹)에 하달되었다. 같은 해 10월 5일 판서 조덕윤(趙德潤)이 회계하였다.

아뢰기를, "조야(朝野) 유생과 유학 심능철(沈能喆) 등의 상언에 대해 이조(吏曹)가 아뢴 복계(覆啓)에서 '시호(諡號)를 하사해 달라는 청은 이조(吏曹)의 소관이 아니오니, 예조(禮曹)에 하명하여 처리케 해달라고 한 것'을 윤허하신 것에 말미암은 것입니다.

이 상언을 보건대, 증 좌참찬 어한명은 병자호란 때 좌도(左道) 수운판관(水運判官)으로서 호조(戶曹)의 화물을 운송하기 위하여 참선(站船)을 거느리고 통진 나룻가에서 화물이 오기를 기다리다가 효종대왕(孝宗大王)이 곧 도착하리라는 소식을 듣고는 마침내 출항할 수 있는 배를 대령시키는 것을 위급한 상황의 구제책으로 삼았습니다. 곧장 그곳에서 나루의 주민을 불러 모아 대의(大義)로 타이르기를 단단히 하며 뱃기구를 잘 정비해놓고 기다렸습니다. 효종대왕이 그의 충의를 가상히 여기시고 누구냐고 하문하셨는데, 어한명은 관직명으로써 대답했습니다.

얼마 지나지 않아서 또 한 일행이 줄지어 걸어오고 있었는데, 그 중의 한 사람은 액정서(掖庭署)의 하인이었고 그가 짊어진 것은 인열왕후(仁烈王后)의 혼전(魂殿)이었습니다. 어한명은 너무나도 놀라 울면서 널리 초둔(草芚 : 풀로 엮은 거적)을 구하여 부두나루에 깔아서 봉안할 수 있도록 했습니다. 이윽고 뒷고개를 돌아보니 또 마교(馬轎 : 말 위에 실려 있는 가마)의 일행이 뒤쫓아 부두머리에 도착했는데, 빈궁(嬪宮)과 원손(元孫)이었습니다. 어한명은 또 소집된 장정으로 하여금 행차를 호송하여 잘 건너도록 하였습니다.

병란이 끝난 후에 세상에 뜻을 두지 않아 학업을 폐하고 시골로 물러가 지낸 10여 년 동안 다시는 벼슬살이를 하지 않다가 죽었습니다. 죽은 지 2년 뒤에 효종이 보위(寶位)에 오르셨는데, 경연(經筵)에서 말씀하시다가 강도(江都)의 일에 미치자 물으시기를, "그 당시 한 수운판관이 아니었다면 건너갈 수가 없었을 것이다. 다만 그 성명이라도 누구인지 알지 못하는가?" 하니, 연신(筵臣 : 경연에 관계하던 벼슬아치)들이 대답하지 못했습니다.

대체로 어한명은 사람됨이 충직하고 겸손하여 그 공을 자랑하지 않고 그 일을 말하지 않았던 데다, 또 그의 벼슬이 낮고 이름을 숨겨서 조정의 신하들은 알지 못했습니다. 선정신(先正臣) 문순공(文純公) 권상하(權尙夏), 문간공(文簡公) 김창협(金昌協)이 다 서술한 바가 있어서, 아름다운 시호를 내려달라고 청하는 것은 공의(公議)를 펴는 것이라고 한 것입니다.

증 좌참찬 어한명은 병자호란 때 임금을 호종한 큰 공적이 있었는데, 그 사실을 선정신 문순공 권상하와 문간공 김창협이 글에 자세히 기록하여 실로 백세토록 전해질 공안(公案 : 공정하여 범할 수 없는 글)이 되었으니, 이번에 시호를 내려 달라는 청(請)에서 공의가 오래되면 될수록 더욱 격렬해지리라는 것을 더욱 알 수 있습니다. 어한 명의 시호를 내려달라고 하는 청을 특히 시행하도록 허락해주시면, 그것은 교화를 세우고 절의를 장려하는 도리에 합당할 것이나, 일이 은전(恩典)을 시행하는 것에 관계되어 예조(禮曹)가 감히 마음대로 하기 어려우니, 주상께서 결단하시는 것이 어떻겠습니까?" 하였다.

아뢰니, 전교하시기를, "초기(草記 : 上奏文)대로 허여하니 시행하여라." 하였다.

같은 달 20일 밤에 내렸다.

禮曹回啓

同月二十三日夜上言, 啓下禮曹。同年十月初五日, 判書趙德潤[1]回啓。

啓曰 : "因中外儒生幼學沈能喆等上言, 吏曹覆啓[2]內, '贈諡之請, 非臣曹所關, 令禮曹禀處.' 允下[3]矣。觀此上言, 則以爲贈左參贊魚漢明, 丙子之難, 以左道水運判官, 爲運戶曹卜物, 領率站舡于津畔, 以俟卜物之來, 及聞孝考將至, 遂爲艤舡[4], 濟屯[5]之策。卽地招募津民, 曉以大義修飭, 舡具整備以待。孝考嘉其忠義, 下詢爲誰? 漢明對以職名。未

---

1) 趙德潤(조덕윤, 1747~1821) : 본관은 林川, 자는 修爾. 1775년 별시문과에 급제, 다음해 사헌부지평으로 재직하였다. 이듬해 7월 헌납 沈豊之의 상소로 1775년의 문과가 罷榜되어 관직에서 물러났다가, 1792년 12월 지평으로 복직되었다. 이후 양구현감·홍문관교리·사간·첨지중추원사 등을 역임한 뒤, 1799년 6월 곡산부사로 나갔다. 1801년 승정원승지로 임명된 뒤 대사간·예조참판·공충도관찰사·함경감사·護軍·공조판서·대사헌·형조판서·좌참찬 등을 역임하고, 1815년 2월 병조판서에 이르렀다. 그러나 같은 해 7월 홍문관교리 李晉淵의 인사행정상의 문제점을 지적한 상소로 대사헌으로 遞職되었다. 이후 예조판서·한성부판윤·分內局提調·병조판서·우참찬 등을 역임하였다.
2) 覆啓(복계) : 임금에게 復命하여 아뢰던 일.
3) 允下(윤하) : 允許. 임금이 신하의 청을 허락함.
4) 艤舡(의강) : 艤船. 출항할 준비를 마쳐서 부두에 대고 있는 배.
5) 濟屯(제둔) : 濟屯難. 몹시 어려운 때를 구제함.

幾，又有一行，成羣步來，其中一人，乃是掖隷，而所負卽仁烈王后魂殿
也。漢明驚泣，旁就草芚，張于舡所，就以奉安。俄望後峴，又有馬輪之
行，趕到津頭，則嬪宮及元孫也。漢明又募民丁，護行得以利涉。自亂
後，無意當世，謝棄擧業，屛居田野，居十餘年，爵祿不復及身而沒。沒
後二年，孝考登大寶，臨筵語及江都事曰：'其時非一運判，無以爲濟，
但不知其姓名爲誰?' 筵臣莫能對。盖漢明，爲人忠謙，不伐功，不言事，
且其位卑而名晦，同朝之人，莫能知也。先正臣文純公權尙夏，文簡公
金昌協，皆有叙述，請賜美謚，以伸公議云矣。贈參贊魚漢明，丙子扈聖
之偉績，備載於先正臣文純公權尙夏·文簡公金昌協，發揮之文字，實
爲百世之公案，今於節惠6)之請，尤可見公議之愈久愈激。魚漢明節惠
之請，特爲許施，其在合樹風獎節之道，而事係恩典，臣曹不敢擅便7)，
上裁何如?"

　啓傳曰："依草記8)許施爲良如敎9)."

　同月二十日夜，下。

---

6) 節惠(절혜)：謚號.
7) 擅便(천편)：擅斷. 제 마음대로 처단함.
8) 草記(초기)：서울 각 관아에서 행정에 그리 중요하지 아니한 사실을 간단히 적
　어 임금에게 올리던 上奏文.
9) 爲良如敎(위량여교)：'하여라 하신'의 이두 표기.

부록

이본 대조
異本對照

≪강도일기≫는 '서울대학교 규장각한국학연구원본('규장각본'으로 약칭)'만 알려졌는데, 이번에 새로이 '충남대학교도서관본('충남대본'으로 약칭)'을 발굴하였다. 이 자료는 <강도진두사기(江都津頭私記)>로 '남한병자록(南漢丙子錄)'이라는 표지 속에 김상헌(金尙憲)의 <남한기략(南漢紀略)>·<풍악문답(豐岳問答)>·<의여인서(擬與人書)>, 신익성(申翊聖)의 <운길산인대(雲吉山人對)>, 이식(李植)의 <남한위성중일기(南漢圍城中日記)>, 신익전(申翊全)의 <병정지(丙丁志)>, 원두표(元斗杓)의 <경인사행문견사건(庚寅使行聞見事件)>, 석지형(石之珩)의 <남한해위록(南漢解圍錄)>, 서종급(徐宗伋)의 <김충선전(金忠善傳)> 등과 합철되어 있다. 이에, 두 이본을 대조하여 선본(先本)과 선본(善本)을 가려내는 작업이 필요하다. 날짜별 또는 장면별로 단락을 나누어서, 우선 글자나 단락의 출입 및 오기(誤記) 정도를 보이기로 한다.

01

【규】 江都日記

【충】江都津頭私記

02

【규】余於乙亥春，除京畿左道水運判官，供職逾年矣。丙子冬十月，戶曹判書金公藎國，下帖于本站，曰："站舡無遺，移泊通津." 以爲本曹卜物，臨亂運致之地。本站依帖文，卽以站舡十餘隻，回泊于通津新村海邊。而格軍皆是忠原等地居民，勢不可預，爲裹糧以待事變。只以舡隻，掛置于海邊，而使新村人，看護而已。

【충】余於乙亥春，除京畿左道水運判官，供職踰年矣。丙子冬十月，戶曹判書金公藎國，下帖于本站，曰："站舡無遺，移泊通津." 以爲本曹卜物，臨亂運致之地。本站依分付，卽以站舡十餘隻，回泊于通津新村海邊。而格軍皆是忠原等地人，勢不可預，爲裹糧以待事變。只以舡隻，掛置于海邊，而使新村人，看護而已。

是年十二月十二日夕，西邊急報至。

03

【규】十三日朝，判相坐賓廳，招余而言曰："余於冬初，嘗有站舡移泊之帖，其已擧行否?" 余曰："業已擧行矣." 判相曰："事今急矣。君其親進舡所，本曹卜物，善爲護涉于江都." 余對曰："舡隻雖置海邊，格軍皆在遠地。無格之舡，如何以運用耶?" 判相曰："勢固然矣。君須從便善處." 余遂辭而退，當日午後發程，投露梁站，卽招下吏，收得若于

人丁, 達夜奔馳。

【충】十三日朝, 判相坐賓廳, 招余而言曰：“余於冬初, 嘗有站舡移泊之帖, 其已擧行否?” 余曰：“業已擧行.” 判相曰：“事今急矣。君其親進舡所, 戶曹卜物, 善爲護涉于江都.” 余對曰：“舡隻雖置海邊, 格軍皆在遠地。無格之舡, 何以運用?” 判相曰：“勢固然矣。君須從便善處.” 余遂辭而退, 其日午後發程, 投露梁站, 卽招下吏, 收得若于人丁, 達夜奔馳。

04

【규】十四日夕, 到通津新村。村人漠然不知有邊報, 余亦知有邊報而不知緩急, 通宵不寐, 坐以待曙。

【충】十四日夕, 到通津新村。村人漠然不知有邊報, 余亦知有邊報而不知緩急, 通宵不寐, 坐而待曙。

05

【규】十五日朝, 忽有一人馳馬過門者, 出問洛下之報, 則答曰：“昨日賊騎, 已到碧蹄. 大駕·東宮, 蒼黃自南大門, 欲向江都, 聞賊已踰沙峴, 不得已閉城門, 改路向南漢。惟嬪宮·元孫·兩大君行次, 僅得先出, 昨昏來宿通津地, 今當到此津頭關.” 余曰：“汝何妄言? 賊雖飛來, 昨日安得入城?” 其人曰：“此何等事, 焉敢妄傳?”

【충】十五日朝, 忽有一人馳馬過門者, 出問洛下之報, 則答曰：“昨日賊騎, 已到碧蹄. 大駕·東殿, 蒼黃自南大門, 欲向江都, 聞賊已踰沙

峴, 不得已閉城門, 改路向南漢。唯嬪宮·元孫·兩大君行次, 僅得先出, 昨昏來宿通津地, 卽當到此津頭." 余曰 : "汝何妄言? 賊雖飛來, 昨日安得入城?" 其人曰 : "此何等事, 其敢妄傳?"

【규】余知其信然, 驚惶罔措, 涕淚自出。旣而, 反而思之, 余所以來此者, 雖爲本曹卜物之運涉, 今者國家行次, 顚越至此, 而江華·通津等官, 時無一人來待者, 脫或賊兵猝至, 諸行次何以過涉? 當此之時, 身在舡所, 本曹卜物, 待侯而不來, 國家行次已到而臨急, 臣子之義, 豈可以非己之任爲諉, 而不爲代行過步之事乎? 但念舡隻, 則雖有之, 舡格無一人可得。故遂卽招致居民數三輩, 諭之曰 : "今國家不幸, 敵兵猝至, 諸宮殿行次, 卽刻當到此, 而地方諸官, 未及來侯, 船格從何辦得耶? 汝輩居在海濱, 必習操舟, 一番過涉之勞, 汝不得辭矣." 居民等聽若不聞, 似有退散之意, 余卽厲聲曰 : "汝曹獨非我國之民乎? 國有大變, 宮殿行次, 窘急至此, 而無意濟涉, 是何道理? 雖以常時言之, 居在津頭者, 見一行客, 日暮臨渡, 則人情獨不可恝視? 況今國家行次, 臨亂到此, 汝安敢落落無濟涉之意耶?" 其中一父老, 應聲曰 : "進賜言誠然。吾屬敢不任此役乎?" 余卽使下人隨其人, 搜得一村男丁二十餘人, 並余所率下人四十餘名, 率往津頭, 方以掛置之船, 下海修飾之際, 回望後山。有一行次, 着白衣草笠, 跨黑大馬而來。熟視之, 乃鳳林大君(孝宗大王潛邸時號)也。

【충】余知其信然, 驚惶失措, 涕淚自出。旣而, 反而思之, 余所以

來此者, 雖爲本曹卜物之運涉, 今者國家行次, 顚越至此, 而江華·通津
等官, 時無一人來待, 脫或敵兵猝至, 諸行次何以過涉? 當此之時, 身在
舡所, 而本曹卜物, 待候而不來, 國家行次已到而臨急, 臣子之義, 豈以
非己任爲諉, 而不爲代行過步之事乎? 但念舡隻, 則有之, 而舡格無一
人可得。不得已招致居民數三輩, 諭之曰﹕"國家不幸, 敵兵猝至, 諸宮
殿行次, 卽刻來到, 而地方諸官, 未及來侯, 舡格從何辦得? 汝輩居在海
濱, 必習操舟, 一番過涉之勞, 汝不得辭." 居民等聽若不聞, 似有退散
之意, 余卽厲聲曰﹕"汝曹獨非我國民乎? 國有大變, 宮殿行次, 窘急至
此, 而無意濟涉, 是何道理? 若以常時言之, 居在津頭者, 見一行客, 日
暮臨渡, 則津頭之人所不可恝視? 況國家行次, 臨亂到此, 汝安敢落落
無濟涉之意耶?" 其中一老夫, 應聲曰﹕"進賜主言誠然。吾屬當任此
役." 余卽使下人隨其人, 搜得一村男丁二十餘, 並余所率下人四十餘名,
率徃津頭, 方以掛置之船, 下海修飾之際, 回望後山。有一行次, 着白衣
草笠, 跨黑大馬而來。熟視之, 乃鳳林大君(孝宗大王潛邸時號)也。

▨ 07

【규】某卽趨進於前, 大君亦見某來, 先使人招之, 某卽拜謁于崖上
村家柴扉外砧邊。鱗坪大君亦在其左矣。某仰見兩大君, 無坐席, 卽使
人持方席進排, 而移時不坐。某思之, 某雖徵官, 俯伏凍地, 故似有不安
就席之意, 遂取藁草一束, 置余膝下, 則大君始就席。

【충】余卽趨進於前, 大君亦見余來, 先使人招之, 余卽拜謁于崖上
村家柴扉外砧邊。鱗坪大君亦在其左矣。余仰見兩大君, 無坐席, 使下

人持方席進排，而移時不坐。余思之，某雖徵官，而俯伏凍地，故似有不安就席之意，遂取藁草一束，置余膝下，則大君始就席。

08

【규】某先進言曰：“賊兵之至，一何急乎？”大君下敎曰：“安有如此事？安有如此事？”若是者再三。某又跪問曰：“大駕出向何耶？”曰：“已向南漢山城.”因泣下數行。某亦嗚咽不能對，大君曰：“君爲誰也？過涉事，何以爲之？”

【충】余先進言曰：“賊兵之至，一何急乎？”大君曰：“安有如此事？”若是者再三。余又跪問曰：“大駕出向何所？”曰：“已向南漢山城.”因泣下數行。余亦嗚咽不能對，大君曰：“君爲誰？過涉事，何以爲之？”

09

【규】某對曰：“小人卽左水運判官魚某。以戶曹卜物運涉事，再昨聽堂上分付，來到此地，而今聞闕內行次急到，已令修茸舡隻以待矣.”曰：“何時發舡渡海？”某對曰：“當待今日日中，潮至水鮮，然後乃可渡.”俄有一宮奴，進言于大君前曰：“行中頓乏斗升，今日朝飯，何以爲之？”余聞言驚惕，卽招下隷，搜所儲粮米一斗進呈。

【충】余對曰：“小人卽左水運判官魚某。以戶曹卜物運涉事，再昨聽堂上分付，來到此地，而今聞宮殿行次急到，已令修茸舡隻以待矣.”曰：“何時發舡渡海？”余對曰：“當待今日日中，潮至水鮮，然後乃可

渡." 俄有宮奴一人，進言于大君前曰：“行中頓乏斗升，今日朝飯，何
以爲之?” 余聞言驚惕，卽招下人，搜所儲粮米一斗進呈。

10

【규】 其時大君，暫入柴扉內矣，旋卽出臨，致辭于某曰：“判官送
飯米，多謝多謝." 某卽拜辭而退。更言于朝者募得格軍等曰：“時事至
此，汝輩敢不爲國盡心乎?” 乃躬親點名，再三申飭者。盖以其時，避亂
諸人，如市紛集，恐其遑遑，臨急而散亡故也。大君又下敎曰：“吾一
行，人馬甚衆，舡二隻定送?” 某對曰：“小人安敢計舡數而定送乎? 唯
當蟻舡待令而已."

【츙】 其時大君，暫入柴門內矣，旋卽出臨，而致辭于余曰：“判官
送飯米，多謝多謝." 余卽拜謝而出。更言于朝所募得格軍等曰：“時事
至此，汝輩敢不爲國盡心乎?” 躬親點名，再三申飭者。盖以其時，避亂
人，如市，恐其遑遑，臨急而散亡故也。大君又下敎曰：“吾一行，人馬
甚衆，舡三隻定送?” 余對曰：“小人安敢計舡數而定送乎? 唯當蟻舡待
令而已."

11

【규】 如此之際，又見一行，成行步來。而其中一人，着紫紬頭巾，
背負紫紬袱而來。使人問之，乃肅寧殿中宮魂殿奉安行次也。

【츙】 此際，又見有一行，成行步來。而其中一人，着紫紬頭巾，背
負紫紬袱而來。使人問之，乃肅寧殿奉安行次也。

12

【규】尤極驚泣，急令人**必**得草芚數立，排設于舡上，則其一行，卽就舡焉。日旣向晚，闕內行次，來會舡所者，不知其數，皆以白衣掩面而坐，上下混同，莫辨貴賤。遍滿沙上，白色如練，盖以其時，中**殿**小祥，纔過而然也。

【충】尤極驚泣，急令人**求**得草芚數立，排設于舡上，則其一行，卽就舡焉。日旣向晚，闕內行次，來會舡所者，不知其數，皆以白衣掩面而坐，上下混同，莫辨貴賤。遍滿沙上，白色如練，盖以其時，中**宮**小祥，纔過而然也。

13

【규】時有人來言：“檢察使招邀.” 檢察卽金慶徵也。余卽隨其人往見，移時說話之際，**少**無言及國家事，或仰天而嘯，或擧扇而揮曰：“何以爲之? 何以爲之?” 如是而已。少頃，德浦僉使趙壿，**乘船**來赴，慶徵喜**甚**曰：“此人所乘來**船**，必是堅好，吾**家**家屬，可以乘此而濟矣.” 壿又有所帶挾舡，余意以爲大君所乘站**船**，板薄體小，不若海**船**之堅完，故欲以移乘之意，告于大君前，趁往十餘步。慶徵大怒，急使人呼余曰：“君何必奪吾家**屬**所乘之舡，而欲納于大君前乎?” 余曰：“吾之所欲告於大君者，乃壿之挾舡，固非令公家屬所**載**之船也。公何誤認而**生**怒耶?” 慶徵怒猶未鮮。其時右**水運**判官尹壿，**始**爲來到，在傍目余曰：“兄可休矣。必生大事.” 余尤不勝忿忿，卽與尹壿退，臥沙上曰：“慶徵受國厚恩，身佩重任，不念國家之急，而只有保妻子之心。彼尙如

此, 況微官乎?" 已而, 大君行次, 將發舡向海口, 余不忍安坐, 卽使人招
舟子而言曰:"莫險海路, 盡心護涉." 厥後避亂之人, 一時爭渡海口, 諸
舡無一空留者。回望後峴, 一馬驕行次來到, 乃嬪宮元孫行次也。馬轎
無扶持軍, 不能踊峴, 余卽送下人五六名, 護行以來, 承旨韓興一, 陪其
後矣。

【층】時有人來言:"檢察使招邀余." 　檢察卽金慶徵也。余卽隨其
人往見, 移時說話之際, 小無言及國家事, 或仰天而嘯, 或擧扇而揮曰：
"何以爲之? 何以爲之?" 如是而已。少頃, 德浦僉使趙壎, 乘舡來赴, 慶
徵喜曰："此人所乘來舡, 必是堅好, 吾家家屬, 可以乘此而濟矣." 壎又
有所帶挾舡, 余意以爲大君所乘站舡, 板薄而體小, 不若此海舡之堅完,
故欲以移乘之意, 　告于大君前, 　趨往十餘步。慶徵大怒, 　急使人呼余
曰："君何必奪吾家所乘之舡, 而欲納于大君前乎?" 　余曰："吾之所欲
告於大君者, 乃壎之挾舡, 固非令公家屬所乘之舡。公何誤認而怒耶?"
慶徵怒猶未鮮。其時右道判官尹墭, 在傍目余曰："兄可休矣。必生大
事." 余尤不勝忿忿, 卽與尹墭退, 臥沙上曰："慶徵受國厚恩, 身佩重
任, 不念國家之急, 而只有保妻子之心。彼尙如此, 況微官乎?" 已而,
顧見大君行次, 已發舡向海口, 余不忍安坐, 卽使人招舟子而言曰："莫
險海路, 盡心護涉." 厥後避亂之人, 一時爭渡海口, 諸舡無一空留者。
回望後峴, 一馬驕行次來到, 乃嬪宮元孫行次也。馬轎無扶持軍, 不能
踊峴, 余卽送下人五六名, 護行以來, 承旨韓興一, 陪其後矣。

14

【규】此時，只有站船一隻，而滿載卜馬，未及發舡，余卽向舡所，揮而下之。兩行次皆得乘舡，而陪從內人，爭先者不知其數。余在傍見，其舡小而所載之人極多，言于韓公曰：“如此小舡，若是多載，莫險海路，何以渡涉?” 余又回看水勢，則潮水已退，而船在沙渚，又言于韓曰：“令公試看水勢，陸地行舟，其可以爲之耶?” 韓環舡而視之，不覺頓足曰：“將奈何? 將奈何?” 如此之際，日已昏暮，行次還爲下舡，止宿于崖上村舍。

【충】其時，只有站舡一隻，而滿載卜馬，未及發舡，陪行之人直向舡所，揮而下之。兩行次皆得乘舡，而陪從內人，爭先者不知其數。余在傍見，其舡小而所乘之人極多，言于韓公曰：“如此小舡，若是其多載，則莫險海路，何以渡涉?” 余又回看水勢，則潮水已退，而舡在沙渚，又言于韓曰：“令公試看水勢，陸地行舡，其可爲之耶?” 韓環舡而視之，不覺頓足曰：“將奈何? 將奈何?” 如此之際，日已昏暮，行次還爲下舡，止宿于崖上村家。

15

【규】夜初更，有一人，自下處來，急招余。余進往柴扉外，有內官，自持馬靮而坐曰：“今夜當發舡。舡隻從速整齊.”云。余視內官， 寒甚不能自定，問其夕食與否，乃曰：“吾輩夕食，非所敢望，而嬪宮夕水剌，亦云闕供.” 余聞極驚泣，而粮米進呈，亦涉猥濫，只將行中所齎薏苡數升送，于內官曰：“令翁凍餒兼切，以此救一時之急，如何?” 內官卽招

宮人, 入送余, 仍往見韓興一及副察使李敏求曰：“俄見內官, 又使余整理舡隻, 而朝者所募氐民丁, 則已入於大君行次。今則, 非但夜深, 當此急難, 通津之民, 豈肯再聽吾言? 否? 此後, 格軍一事, 專責取本官, 可也.” 出來之際, 適逢一騎馬客, 乃通津縣監蔡忠元也。余執其手而言曰：“未知兄往何處而今始來到也。大君行次, 吾雖已, 探得舡格, 艱卒渡海。而兄則, 胡不趁卽待令以盡已任耶?” 答曰：“下人欲置余於死地而然也.” 因與相對, 略陳已往奔走之狀矣。有頃, 有人急呼通津下人曰：“宮人一行, 露處於海上, 凍寒方甚, 速取火來.” 通津曰：“當此之際, 何由得炭?” 余曰：“救急之火, 何必炭爲此處? 村落積草如山, 亦可以供火矣.” 通津曰：“然矣.” 卽使厥下人, 取藁草數同, 而縱火於沙際, 一行寒戰之人, 一時屯聚, 而取煖焉。

【ō】夜初更, 有人, 自下處, 急招余。余進往柴扉外, 有一內官, 自持馬鞊而坐曰：“今夜當發舡。舡隻從速整齊.”云。余視內官, 寒甚不能自定, 問其夕食與否, 乃曰：“吾輩夕食, 非所敢望, 而嬪宮夕水剌, 亦云闕供.” 余聞極驚歎, 而粮米進呈, 亦涉猥濫, 只將行中所齎薏苡數升送, 于內官曰：“令翁凍餒兼切, 以此救一時之急, 如何?” 內官卽招宮人, 入送云余, 仍往見韓興一及副察使李敏求曰：“俄見內官, 又使余整理舡隻, 而朝者所募氏民丁, 則已入於大君行次。今則, 非但夜深, 當此急難, 通津之民, 其肯再聽吾言? 否? 此後, 格軍一事, 專責于本官, 可也.” 出來之際, 適逢一騎馬客, 乃通津縣監蔡忠元也。余執其手而言曰：“未知兄往何處而使余代行兄所當之任乎?” 答言：“下人欲置余於死地而然也.” 因與相對, 略陳已往奔走之狀矣。有頃, 有人急呼通津

下人曰：“宮人一行，露處於海上，凍寒方甚，速取火來.” 通津曰：“當
此之際，何由得炭？” 余曰：“救急之火，何必炭爲此處？ 村落積草如山，
亦可以供火矣.” 通津曰：“然.” 卽使厥下人，取藁草數同，而來縱火於
沙際，沙際寒戰之人，一時屯聚，而取煗焉。

16

【규】 此時，嬪宮下處待令者，惟韓李兩公而已。慶徵，則俄於嬪宮
乘舡之際，仍不知去處矣。追後聞之，則慶徵，見嬪宮乘舡，先就其家
屬所載之舡，而無事渡海云矣。以此韓李，深恨其所爲。

【충】 此時，嬪宮下處，待令者惟韓李兩公而已。慶徵，則自小間嬪
宮乘舡之際，仍不知去處。後聞慶徵，見嬪宮乘舡，先就其家屬所載之
舡，而渡海去矣。以此韓李，深恨其所爲。

17

【규】 夜將半，余下人未報曰：“鷄旣鳴矣。潮水且至.” 余親往海邊
見之，使人急告于韓李兩公曰：“潮水正滿，可及時渡矣.” 韓李卽偕來
舡所，則舡隻多數掛置於沙渚，而格軍無一人措備。兩宮行次，亦自下
處，相繼離發。而通津倅及右道判官，俱未及待令。韓李罔知所爲，但
言于余曰：“何以爲之？” 余率下人，巡視海邊，則有數三人，潛伏于僻
處。使人捉致，果是村氓，而操舟之役，可以需之云。余卽捉坐其人于
韓李之傍曰：“公可看察此人，使不得逃避.” 又窮搜海上，捉得數三人
而來曰：“又加得一舡之格矣.” 韓李皆曰：“多幸多幸。前後所得之人，

並八人, 一舡各分四人." 韓公陪兩宮, 所乘之舡, 發向海口。其時風雪
正急, 雲靄接天渺渺, 兩舡撐入于萬頃流澌中, 佇立沙除, 慘不忍見。

【충】夜將半, 余下人來報曰："鷄旣鳴矣。潮水且至." 余親往海邊
見之, 使人急告于韓李兩公曰："潮水正滿, 可及時渡矣." 韓李卽偕來
舡所, 則舡隻多數掛置於沙渚, 而格軍無一人措備。兩殿行次, 亦自下
處, 相繼來到。而通津倅及右道判官, 俱未及待令。韓李罔知所爲, 但
言于余曰："何以爲之?" 余率下人, 巡視海邊, 則有數三人潛伏于僻
處。使人捉致, 果是村氓, 而操舟之役, 可以爲之云。余卽率來坐其人
于韓李之傍曰："公可看察此人, 使不得逃避." 又窮搜海上, 捉得數三
人而來曰："又加得一舡之格矣." 韓李皆曰："多幸多幸。前後所得之
人, 並八人, 一舡各分四人." 韓公陪兩殿, 所乘之舡, 發向海口。其時
正急, 雲靄接天渺渺, 兩舡撐入于萬頃流澌中, 佇立沙際, 慘不忍見。

18

【규】余亦達夜奔走, 飢寒並至, 若將澌盡, 仍欲退休, 來投寓所, 則
夜已向曙矣。頹然困臥, 不省人事, 因以入睡矣。

【충】余亦達夜奔走, 飢寒並至, 若將氣盡, 仍欲退休, 來投寓所, 則
夜已向曙矣。頹然困倒, 不省人事, 因以入睡矣。

19

【규】十六日朝, 又往見李副察於所住處, 問曰："曉頭, 兩宮行次,
果已無事過涉云耶?" 李曰："發行之後, 遇逆風, 幾危於流澌中, 堇能

得脫, 回泊于孫梁項矣." 余不勝驚駭, 卽趁往孫梁項, 審視之。

【충】十六日朝, 又往見李副察於所住處, 問曰 : "曉頭, 兩殿行次, 旣已無事過涉耶?" 李曰 : "發行之際, 遇逆風, 幾沒於流澌, 菫能得脫, 回泊于孫梁項矣." 不勝驚駭, 卽趁往孫梁項, 問之, 則果然矣。

20

【규】俄而, 風息利涉時, 則尹相國昉, 陪廟社而至, 金慶徵亦自越邊還渡。江華留守張紳·通津縣監·右水運判官·德浦僉使等, 亦皆來, 會同時, 護涉焉。

【충】時則, 尹相昉, 陪廟社而至, 金慶徵亦自越邊還。江華留守張紳·通津縣監·右道判官·德浦僉使等, 亦皆來, 會同時, 護涉焉。

21

【규】余卽退還舡所, 而本曹卜物, 無一駄來到者, 卽欲往赴江華, 則當初職掌, 專在於卜物之運涉, 恐吾渡海之後, 卜駄或來, 則事極良貝, 故留連數三日。而不知自處之如何, 乃招所率下人輩謂曰 : "汝輩皆家在露梁, 不可不看護汝父母妻子, 汝輩可俱去矣." 下人輩, 皆泣且言曰 : "當此急難之際, 置進賜於此處, 而身先散歸, 情所不忍." 余仍放歸七八人, 只留入番者三四人, 與之逐日, 往看海上, 以待卜物之來, 且欲觀勢渡海矣。

【충】余卽退還津所, 而本曹卜物, 無一駄來到, 欲往赴江華, 則當初職掌, 專在卜物之運涉, 此吾渡海之後, 卜駄或來, 則事極狼貝, 留連

數三日。而不知自處之<u>何如</u>，乃招所率下人輩曰：“汝<u>等</u>皆在<u>露梁</u>，不可不看護汝父母妻子，可俱去矣."下人輩，皆泣且言曰：“當此急難之際，置進賜於此處，而身先散歸，情所不忍." 余放歸七八人，只留入番者三四人，<u>以爲欲觀勢渡海之計</u>矣。

22

【규】十九日朝，有荒唐人來于津頭，問<u>宮殿</u>行次入海與否，盖賊中偵探人也。居民大駭，村落一空。檢察自江都令，渡涉諸舡，無遺移泊于越邊，<u>而</u>掛置之舡，一時放火燒盡。

【충】十九日朝，有荒唐人來于津頭，問<u>嬪宮</u>行次入海與否，盖賊中偵探人也。居民大駭，村落一空。檢察自江都令，渡涉諸舡，無遺移泊于越邊，掛置之舡，一時放火燒盡。

23

【규】余始以<u>判堂指揮</u>，來此不得厪入於山城，濡滯<u>屢</u>日。苦待卜物之來，而又值路絶於江都，此後形<u>勢</u>，惟當歸往站。所以待山城解圍，趁卽告由於判相，則亦不失吾當已之責也。<u>遂於</u>二十日朝，發行自通津海邊，到富平某村而宿。

【충】余始以<u>堂上分付</u>，來此不得厪入於山城，濡滯<u>累</u>日。苦待卜物之來，而又值路絶於江都，此後形<u>便</u>，惟當歸往站。所以待山城解圍，趁卽告由於判相， 則亦不失吾當已之責也。<u>遂拾於置書再及仆物於主家</u>，二十日<u>早</u>朝，發行自通津海邊，到富平某村而宿。

二十一日朝，來投衿川樂羊村。

24

【규】有驅從大立者，適逢其妻子於此地，其妻則號泣而隨之，其兒女牽衣而挽之。大立以鞭，毆其妻子，牽馬以從。其人之能斷於私情而有謙，於官上如此。後到安山風甲峴，以貿粮出去，路逢敵致死。○ 又有馬頭愛福者，自亂初，從余往通津，自通津到江川，其間勤勞護行之功，有不可騰言。賊騎交橫於道路，而終始得脫於死亡者，實賴此人之力也。及到江川，以推見其家屬，辭余而去，後被虜見殺云。○ 又有通引莫鸞者，亂初使之，陪家兒行，護送于半槿桓，則渠以爲官主家屬，不可棄諸中路，遂扶護至陰城本家，還到驪州。賊已充滿，遲留不得進，聞余到江川，卽來現曰：“父母妻子，旣不得推見，寧從進賜主而同死生?” 其終始陪從之功，實非尋常，至今向余之誠不衰，可謂下輩中難得者也。噫! 余與此三人，同患難於萬死之中，故迨不能忘，并錄于此。

【충】有驅丘大立者，適逢其妻子於此地，其妻則號泣而隨之，其兒女牽衣而挽之。大立以鞭，毆其妻子，而牽馬以從。其人之能斷於私情而有誠，於官上如此。後到安山，以貿粮出去，路逢敵致死。○ 又有馬頭愛卜者，自亂初，從余往通津，自通津到江川，其間勤勞護行之功，有不可騰言。賊騎交橫於道路，而終始得脫於死亡者，實賴此人之力也。及到江川，以推見其家屬，辭余而歸，後被虜見殺云。○ 又有通引莫男者，亂初使之，陪兒行，護送于半槿，則渠以爲官主家屬，不可棄置諸中路，遂扶護至陰城本家，還到驪州。賊已充滿，遲留不得進，聞余到江川，卽來現曰：“父母妻子，旣不得推見，寧從進賜主而同死生?” 其終始陪從之功，實非尋常，至今待余之誠不衰，可謂下輩中難得者也。噫! 余與此三人者，同患難於萬死之中，故迨不能忘，并錄于此。

是日午後，到安山奴子家。

25

【규】奴子輩，皆避入兎怪島穴。只恐兩奴在家，遂使之指導而行。暮到風甲峴，聞賊方鹵掠，於洞口，還投奴子家，夜將半又發行欲向兎浦路。又聞賊在發路坪，乃從間道行，又聞賊留屯富國倉，不得已更還于奴子家。

【충】奴子輩，皆避入兎怪島。只兩奴在家，遂使之指導而行。暮到風甲峴，聞賊方鹵掠，於洞中，還投奴子家，夜將半又發行欲向兎浦路。又聞賊在發路坪，又從間道行，又聞賊留屯富國倉，不得已更還于奴子家。

二十二日避入兎怪島能吉村。

26

【규】留宿數日，更詳審其形勢，則此島乃連陸之地。賊若來犯，無路可經，故余謂下人曰：“此處形勢如此，死生間發程，可也.”皆曰：“然.”

【충】留宿數日，更審其形勢，則此島乃連陸之處。賊若來犯，無路可避，余謂下人曰：“此處形勢如此，死生間發程，還站可也.”皆曰：“然.”

27

【규】二十五日夜半發行。

【충】二十六日夜半發行。

28

【규】二十六日暮到水原山城下，止宿。

【충】暮到水原山城，止宿。

二十七日朝發向靑灰，暮投竹山某村而宿。

二十八日凌晨發行，平明至太平院。

29

【규】有一荒唐人，持弓矢，立於路左。視其形貌，似非我國人。余於馬上，呼而問之曰："賊兵時在何處?" 其人不能言，但曰："彼山多多有之." 聽其言，決是可疑之人，無可奈何? 卽回馬，從小路，著鞭而過。

【충】有一荒唐人，持弓矢，立於路左。視其形貌，非似我國人。余於馬上，呼而問之曰："賊兵時在何處?" 其人不能言，但曰："彼山多多有之." 聽其言，決是可疑之人，無可奈何? 卽回馬，從小路，著鞭而過。

暮到忠州秣馬村，金重吉家留宿。

30

【규】二十九日早朝發行，暮到興元倉江邊，招越邊站人。站人等見余，得生而來，驚喜不已，持舡來迎，遂抵忠原本站。翌日朝，卽丁丑元日也。余以此站卽吾信地，故出沒遲留，以待賊退，而日使人探候山城消息於道路矣。二月初，始聞解圍之報，卽以單騎發行，行歷諸站，招

集散亡之格軍，收拾棄置之舡隻，二十二日午時後，始得入城。金判書已遞，而李景稷爲時任，不知余當初聽金判書指揮，而先往通津委拆。是日午前，徑先請罷，終無以自伸，豈非數耶？

【충】二十九日早朝發行，暮到興元倉江邊，招越店。站人等持舡來迎而見余，得生而來，驚喜不已。翌朝，即丁丑元日也。余謂此站乃吾信地，出沒遲留，以待賊退，而日使人探候山城消息於道路矣。二月初，始聞解圍之報，即以單騎發行，行歷諸站，招集散亡之格軍，收拾棄置之舡隻，二十日午後，始得入城。金判書已遞，而李景稷爲時任，不知余當初聽分付，先往通津曲折。是日午後，徑先請罷，終無以自伸，豈非數耶？

31

【규】噫！丙子之亂，實我國無前之大變。而余以微官任事津頭，適當諸行次渡涉之日，目覩蒼黃顚沛之狀，自通津還站之際，累逢賊兵，幸而得全，此余平生所嘗艱險而不能忘者，故略記顚末，以示兒輩云爾。

【충】噫！丙丁之亂，實我國無前之大變。而余以微官任事通津，適當諸行次渡涉之日，目覩蒼黃顚沛之狀，自通津還站之際，累逢賊兵，幸而得全，此吾平生所嘗艱險而不能忘者，略記顚末，以示兒輩。

右，故運判魚公所記丙子時事，公曾孫有鳳舜瑞以示余。余惟世敎衰，士大夫知利而不知義，一遇變故，各私其身。雖其職事所在，亦且遷延觀望, 不肯盡力, 甚或棄而去之, 如雉兎逃者多矣。況能於職事外, 出力效忠, 以濟國家之急, 如公之爲者, 豈不尤難哉? 然而事定之日, 反以不赴行在獲罪, 而忠勞之實, 沒世不白, 公雖不自怨悔, 亦何以勸世之爲忠者哉?

32

【규】竊聞公沒後, 孝宗大王嘗臨筵, 語及江都事而曰：“其時賴一運判, 得以利涉矣, 不知其姓名爲誰?” 筵臣皆莫對, 他日再問, 亦然云。昔唐宣宗, 問白敏中：“憲宗喪, 道遇風雨, 百官皆散, 唯山陵使, 長而多髯者, 攀靈駕不去, 不知誰也?” 敏中以令狐楚對。遂擢其子綯知制誥。公之效忠急難, 豈直風雨攀駕之比? 而我聖祖, 垂問於<u>遠久</u>之後者, 其意亦豈偶然哉? 惜乎! 廷臣竟莫有對揚者, 使聖祖不忘獎忠之意, 闕而不遂, 其尤可慨也已。丙戌至月上旬, 安東金昌協謹書。

【충】竊聞公沒後, 孝宗大王嘗臨筵, 語及江都事而曰：“其時賴一運判, 得以利涉矣, 不知其姓名爲誰?” 筵臣皆莫能對, 他日再問, 亦然云。昔唐宣宗, 問白敏中：“憲宗喪, 道遇風雨, 百官皆散, 唯山陵使, 長而多髯者, 攀靈駕不去, 不知誰也?” 敏中以令狐楚對。<u>宣宗</u>遂擢其子綯知制誥。公之效忠急難, 豈直風雨攀駕之比? 而我聖祖, 垂問於<u>久遠</u>之後者, 其意亦豈偶然哉? 惜乎! 廷臣竟莫有對揚者, 使聖祖不忘獎忠之意, 闕而不遂, 其尤可慨也已。丙戌至月上旬, 安東金昌協謹書。

【규】金慶徵事，　見於野史所記多矣。然或得於傳聞，　不無溢惡之疑，獨公記其所目覩，最端的可信。未論其他，只爭舟一事，亦見其不忠無狀，罪通於天矣。其視公之傔隷三人，冒危難以奉公，終始不肯背去者，豈直天壤之懸？三人中大立所爲尤奇，是則雖士君子勇於義者，亦或難之矣。余惜其人微而卒無傳於世也，遂刜取其事，錄于簡末，使後來者有考焉。又書。

> 公驅從大立，路逢其妻子，其妻則號泣而隨之，兒女牽衣而挽之。大立以鞭毆其妻子，而牽馬以從云。

【충】金慶徵事，　見於野史所記多矣。然或得於傳聞，　不無溢惡之疑，獨公記其所目覩，最端的可信。未論其他，只爭舟一事，亦見其不忠無狀，罪通于天矣。其視公之傔隷三人，冒危難以奉公，終始不肯背去者，豈直天壤之懸？三人中大立所爲尤奇，是則雖士君子勇於義者，亦或難之矣。余惜其人微而卒無傳於世也，遂刜取其事，錄于簡末，使後來者有考焉。又書。

【규】余少從先輩，聞仁廟初載，多士思皇，賢關執耳，必極一時之選，時則判官魚公，以名進士，主張齋論，聲望藹蔚。余嘗嚮風，而恨未及一拜，余因其曾孫舜瑞，得見公丙子江都日記，益不覺欽歎。苟非平日素明於義利之分者，臨難倉卒，烏能出力效忠於職事之外若是哉？是宜褒尙拔擢，以興起忠義之士，而公不自伐，世無知者。至於聖祖臨筵

屢問, 而莫有所對揚, 終使當日之忠勞, 闇昧而不章, 嗚呼! 其亦可慨也已。余故表而出之, 以示來後。甲午陽月上澣, 安東權尙夏謹書。

【충】余少從先輩, 聞仁廟初載, 多士思皇, 賢關執耳, 必極一時之選, 時則判官魚公, 以名進士, 主張齋論, 聲望藹蔚。余嘗嚮風, 而恨未及一拜, 余因其孫舜瑞, 得見公丙子江都日記, 益不覺欽歎。苟非平日素明於義理之分者, 臨亂倉卒, 烏能出力效忠於職事之外若是哉? 是宜褒賞拔擢, 以興起忠義之士, 而公不自伐, 世無知者。至於聖祖臨筵屢問, 而莫有所對揚, 終使當日之忠勞, 闇昧而不章, 嗚呼! 其亦可慨也已。余故表而出之, 以示來後。甲午陽月上澣, 安東權尙夏謹書。

두 이본은 장면별 또는 날짜별로 나눈 34곳에서 서로 빠짐없이 정확하게 대응하고 있다. 김창협(金昌協)의 <후기(後記)>와 권상하(權尙夏)의 발문(跋文)까지 그 체제가 동일하다. 더군다나 고유지명 표기 방식조차 동일하다. 25번에서 보면, 두 이본은 조선시대 경기도 안산군의 마유면에 속해 있었던 '옥귀섬'을 공히 '珷怪島'로 표기하고 있다. 이는 『신증동국여지승람』 제9권 「경기(京畿)・안산군(安山郡)」 에서 '오질이도(吾叱耳島)'로 표기하고, '군의 서쪽 47리 되는 곳에 있다'고 설명하였다. 또 『세종실록』 1448년 8월 27일조 1번째 기사에서도 '오질이도(吾叱耳島)'라는 기록이 있다. 이때 질(叱)은 'ㅅ' 받침을 대신하는 것이다. 반면, 『호구총수』에서는 '오이도리(烏耳島里)' 로 표기되어 있고, 『조선지형도』에는 오이도와 함께 '옥귀도(玉貴島)'가 표기되어 있다. 이처럼 '옥귀섬'을 한자로 차자(借字) 표기하는 과정에서 서로 달리 표기하였음을 알 수 있다. 따라서 두 이본은 전체적 틀이 조금도 빠짐없이 똑같은 데다 고유지명 표기방식조차 동일한 것으로 나타난다는 점에서 같은 계열의 이본이라 하겠다.

두 이본은 같은 계열의 이본이라 할지라도, 어느 이본이 먼저 필사되었는지 살펴볼 필요가 있다. (7)번에서 (10)번에 이르기까지 글쓴이 '나'를 지칭하는 어휘가 '규장각본'에서는 하나같이 '모(某)'로 표기되어 있지만, '충남대본'은 '여(余)'로 되어 있다. 이는 필사 선후관계를 알 수 있는 실마리가 된다. 개인의 사사로운 기록물로서의 일기 형식을 취한 글이라는 점을 염두에 둔다면, 두 이본은 타인에게 공개되지 않을 글의 성격이었다. 그런데도 '규장각본'은 임금 앞에서 말할 때나 임금에게 올리는 글에서 자신을 일컬을 때 '신(臣)'이라 하는 것처럼 '모(某)'로 표기되어 있기 때문이다. 게다가 어한명의 몰년은 1648년인데, 이때는 봉림대군이 효종으로 등극하기 전이라는 점에서 더욱 문제적이다. 특히, '규장각본'은 (11)번에서 인조(仁祖)의 비(妃) 인열왕후(仁烈王后) 한씨(韓氏)의 혼전(魂殿)을 일컫는 숙녕전(肅寧殿)에 대해 협주(夾註)를 달고 있는데, 1636년 겨울 그 당시 소상(小祥)도 끝나지 않은 중궁의 혼전에 대해 굳이 협주를 달아야 할 하등의 이유가 없어 보인다. 그리고 (5)번에서 당시 소현세자(昭顯世子)를 '충남대본'에서는 '동전(東殿)'으로, '규장각본'에서는 '동궁(東宮)'으로 지칭하고 있는데, 이 용어가 그 시대적 상황과 부합하는지 여부를 짚어보기 위해서는 ≪인조실록≫ 1646년 2월 3일조 2번째 기사의 '사관(史官)은 세자가 심양에 있을 때 수종

자들이 저들(彼人 : 청인)이 보고 들으라고 세자를 동전(東殿), 세자빈을 빈전(嬪殿)이라 칭한 것이지 세자와 빈이 자칭한 것은 아니다.'고 부기한 것을 고려하지 않을 수 없다. 소현세자가 1637년부터 9년간 심양에서 인질 생활을 하였음을 고려한다면, 그 시대의 특수한 상황에서 비롯된 용어인 '동전'을 '동궁'으로 대체할 것까지는 없었다고 하겠다.

결국 '규장각본'은 병자호란이 일어난 지 180년이 지난 1816년에 어한명의 시호(諡號)를 하사받기까지의 과정을 포함시켜 새롭게 부기하면서 1816년 10월 20일 이후에 필사된 이본이다. 곧, '충남대본'과 같은 이본을 저본으로 삼아 꼼꼼하게 교열해가면서 필사한 것으로 보면 앞서의 문제점들이 하나같이 해결된다. 그리고 '규장각본'은 이 책에서 제시한 ≪승정원일기≫의 참고자료들 가운데 1827년의 사실을 포함하지 않고 있기 때문에, 그 필사시기를 좀 더 특정하자면, 1816년 10월 20일 이후 1827년 5월 14일 이전 시기라고 할 수 있을 것이다. 어한명의 시호 '충경(忠景)'을 정식으로 하사받은 것은 1827년 10월 7일이고, 『함종어씨세보』에서도 1827년에 시호를 하사받은 것으로 기록되어 있다. 따라서 '충남대본'은 '규장각본'보다 앞선 형태의 필사본으로 볼 수 있다.

두 이본 가운데 어느 이본이 좋은 이본인가 살피는 것은 어찌 보면 무의미해진 것으로 여겨진다. '규장각본'은 '충남대본'과 같은 이본을 교열한다는 심정으로 꽤 공들여 필사한 것으로 보이기 때문이다. 따라서 '규장각본'은 '충남대본'보다 선본(善本)임은 부정할 수

가 없다. 그렇다면 어느 것을 어떤 방향으로 교열했는지 살피는 것
이 보다 효율적일 것으로 생각한다.

· 오류 교정

05 此何等事, 其敢妄傳?(충)

⇒ 此何等事, 焉敢妄傳?(규)

27, 28 二十六日夜半發行。暮到水原山城, 止宿。(충)

⇒ 二十五日夜半發行。二十六日暮到水原山城下, 止宿。(규)

34 余因其孫舜瑞 … 苟非平日素明於義理之分者 (충)

⇒ 余因其曾孫舜瑞 … 苟非平日素明於義利之分者 (규)

· 어순 교정

30 招越店。站人等持舡來迎而見余, 得生而來, 驚喜不已。(충)

⇒ 招越邊站人。站人等見余, 得生而來, 驚喜不已, 持舡來迎, 遂
抵忠原本站。(규)

· 보다 정합한 어구로 대체

02 下帖于本站, 曰："站舡無遺, 移泊通津." … 本站依分付, …
而格軍皆是忠原等地人 (충)

⇒ 下帖于本站, 曰："站舡無遺, 移泊通津." … 本站依帖文, …
而格軍皆是忠原等地居民 (규)

23 余始以堂上分付, 來此不得屬入於山城, 濡滯累日 (충)

⇒ 余始以判堂指揮，來此不得扈入於山城，濡滯屢日 (규)

30 不知余當初聽分付，先往通津曲折。是日午後，(충)

⇒ 不知余當初聽金判書指揮，而先往通津委折。是日午前，(규)

31 噫！丙丁之亂 (충)

⇒ 噫！丙子之亂 (규)

· 현장감 상실로의 어구 대체

05 唯嬪宮・元孫・兩大君行次，僅得先出，昨昏來宿通津地，即當到此津頭.” (충)

⇒ 惟嬪宮・元孫・兩大君行次，僅得先出，昨昏來宿通津地，今當到此津頭關.” (규)

06 國家不幸，敵兵猝至，諸宮殿行次，即刻來到，而地方諸官，未及來侯，舡格從何辦得？(충)

⇒ 今國家不幸，敵兵猝至，諸宮殿行次，即刻當到此，而地方諸官，未及來侯，船格從何辦得耶？(규)

· 의미를 강화하기 위한 변화

06 進賜主言誠然。吾屬當任此役. (충)

⇒ 進賜言誠然。吾屬敢不任此役乎？(규)

08 “安有如此事?” 若是者再三。(충)

⇒ “安有如此事？安有如此事?” 若是者再三。(규)

10 盖以其時，避亂人，如市，… 大君又下教日：“吾一行，人馬甚

衆, 舡三隻定送?” (충)

⇒ 盖以其時, 避亂人, <u>如市紛集</u>, … 大君又下敎曰：“吾一行, 人
  馬甚衆, 舡二隻定送?” (규)

・어구의 부연

단, 어조사의 부연은 일일이 예를 들지 않으나, '충남대본'은 어
조사가 거의 사용되지 않은 대신에 '규장각본'은 대부분 어조사를
보충하고 있음을 밝혀 둔다.

15 <u>使余代行兄所當之任乎?</u> (충)

⇒ <u>今始來到也。大君行次, 吾雖已, 探得舡格, 艱卒渡海。而兄</u>
  <u>則, 胡不趁卽待令以盡己任耶?</u> (규)

20 時則 (충)

⇒ <u>俄而, 風息利涉</u>時, 則 (규)

21 <u>以爲欲觀勢渡海之計</u>矣。(충)

⇒ <u>與之逐日, 往看海上, 以待卜物之來, 且欲觀勢渡海</u>矣。(규)

・어구의 축약

19 <u>問之, 則果然矣。</u> (충)

⇒ <u>審視之。</u> (규)

23 <u>遂拾於置書再及仆物於主家</u>, 二十日<u>早</u>朝, (충)

⇒ <u>遂於</u>二十日朝, (규)

・사실 왜곡

14 只有站舡一隻，而滿載卜馬，未及發舡，<u>陪行之人直</u>向舡所，揮
   而下之。(충)

 ⇒ 只有站船一隻，而滿載卜馬，未及發舡，<u>余即</u>向舡所，揮而下
   之。(규)

곧, 승지 한홍일이 한 행위를 어한명이 한 것처럼 왜곡되었다.

· 없던 것을 삽입

33 <u>公驅從大立，路逢其妻子，其妻則號泣而隨之，兒女牽衣而挽
   之。大立以鞭毆其妻子，而牽馬以從云</u>。(규)

이 협주는 '충남대본'에 없는 것이다.

마지막으로 글 제목의 변화가 일어났다. 어한명이 손수 정리한 글은 아마도 제목이 없었거나 있었더라도 충남대본처럼 "강도진두사기"가 아니었을까 추측된다. 강도에서 일어난 사건의 기록이 아니고, 강도로 들어가기 전에 통진 나루에서 일어난 사건에 대한 기록이라는 점에서 그렇다. 1706년에 김창협이 쓴 <후기>에서도 '故運判魚公所記丙子時事，公曾孫有鳳舜瑞以示余.'라고 언급되어 있는데, 제목은 언급하지 않은 채 글의 내용을 기술하고 있기 때문이다. 그러다가 1714년에 권상하가 쓴 <발문>에는 '余因其曾孫舜瑞，得見公丙子江都日記，益不覺欽歎.'이라고 언급되어 있는 것을 보면, 이때에 와서야 '병자강도일기'로 칭해진 것 같다.

지금까지 살핀 것을 요약하면, '충남대본'과 '규장각본'은 동일계

열의 이본이고, 충남대본은 규장각보다 선본(先本)이며, 규장각본은
충남대본보다 선본(善本)이었다. 따라서 이 책은 선본(善本)을 포함하
고 있는 이본을 역주하기 위하여 '규장각본'의 체재를 완역하였다.

어한명과 〈강도일기〉

1.

어한명(魚漢明, 1592~1648)은 자가 여량(汝亮)이고 본관은 함종(咸從)이다. 증조부는 계선(季瑄)으로 좌참찬을 지냈고, 조부는 운해(雲海)로 평창(平昌) 군수를 지내고 이조참판에 추증되었다. 아버지는 몽린(夢麟, 1564~1611)으로 동몽교관을 지내고 승정원 좌승지에 추증되었으며, 어머니는 전주 류씨 군기시부정(軍器寺副正) 류영성(柳永成)의 딸로 숙부인(淑夫人)에 추증되었다.

어한명은 1618년 생원시에 합격하여 음보(蔭補)로 관직에 진출하였다. 1629년 광릉(光陵 : 세조와 그의 비 능) 참봉에 제수되었고, 제용감 부봉사(濟用監副奉事)에 천거되었으며, 상의원 부직장(尚衣院副直長)을 거쳐 1635년 경기좌도 수운판관(京畿左道水運判官)에 임명되었다. 병자호란을 맞아 자신의 임무가 아니었지만, 강화도로 피난하는 봉림대군과 인평대군, 세자빈과 원손, 인조의 비 인열왕후 혼전 등 도강(渡江)시키는 일을 잘 조치하였다. 그러나 자신의 임무를 소홀히 했다 하여 1637년 2월에 파직되는 지경에 이르자, 충북 음성(陰城)에 은거하다가 1648년 객사하여 고양(高陽)의 선영에 묻혔다.

어한명의 둘째아들 진익(震翼)은 충청도와 강원도 관찰사를 지내
고 좌찬성에 추증되었고, 진익의 외아들 사형(史衡)은 한성부 우윤(漢
城府右尹)을 지내고 영의정에 추증되었으며, 사형의 아들은 유봉(有
鳳)과 유구(有龜) 그리고 유붕(有鵬)이다. 어유구는 바로 경종(景宗)의
장인으로 영돈녕부사(領敦寧府事) 함원부원군(咸原府院君)이다. 단의왕
후(端懿王后)가 세자빈으로써 1718년에 죽자, 어유구의 딸은 그 해에
세자빈으로 간택되어 1720년 경종의 계비 선의왕후(宣懿王后)가 되
었으나 1730년에 일찍 죽고 만다.

그런데 어한명이 좌참찬에 추증된 시기를 1816년으로 보는 것은
잘못된 것이다. 어유구의 딸이 세자빈으로 간택되었을 때인지, 왕후
로 올랐을 때인지 분명하지 않으나 이 시기를 즈음하여 함종어씨
집안에 증직이 이루어졌던 것으로 보인다. ≪영조실록≫ 1730년 8
월 27일 2번째 기사에 의하면, 이의현(李宜顯)이 선의왕후의 <묘지
문(墓誌文)>을 지었는데 고조 어한명이 증 좌찬성, 증조 어진익이
증 좌찬성, 조부 어사형이 증 영의정으로 되어 있기 때문이다. 또한
남공철(南公轍)이 지은 <시장(諡狀)>에서도 "공은 이전에 자손들이
존귀해짐에 따라 거듭 추증되어 자헌대부 의정부 좌참찬이 되었다.
(公前用子貴, 屢贈資憲大夫議政府左參贊.)"고 한 데서도 확인된다. 이의현
은 바로 어진익의 둘째 사위이다. 어진익은 첫째 딸을 영의정 이유
(李濡)에게, 둘째 딸을 영의정 이의현에게 시집보냈던 것이다. 따라
서 이의현의 첫째부인이 함종어씨였으니, 어한명의 외손서였다. 다
시 말해, 이의현과 선의왕후는 대고모부와 처손녀 관계였다.

그리고 서울대학교 규장각한국학연구원에는 어한명의 묘표가 소장되어 있다. 그 묘표에 대한 해제를 살펴보면, "묘표 제일 앞부분에 '贈議政府左參贊魚公之墓 贈貞夫人安東勸氏 左'라고 되어 있다. 1703년(숙종 29)에 손자 史徵이 원주목사로 부임하여 墓表를 세웠는데 그로부터 34년 후 1736년(영조 12)에 증손 有鳳이 改刻한 것이다."고 소개되어 있다. 어사징은 어한명의 숙부인 어몽렴(魚夢濂, 1582~1651)의 증손자이다. 어몽렴의 아들 어중명(魚重明), 그 아들 어진한(魚震翰), 그 둘째아들이 바로 어사징이다. 따라서 어사징은 어한명의 재종손자인 셈이다.

그런데 일반적인 상식으로 직계 조상이 아닌데도 석물을 세웠다는 것이 이상하다. 그리하여 함종어씨 중앙종친회에 문의하고 관련 자료를 받아보았더니, 어사휘(魚史徵, 1654~1706)의 오기였다. 어사휘는 《승정원일기》에 따르면 1702년 10월 18일 원주목사에 제수되었고, 11월 7일 임금에게 하직하였으며, 다시 12월 18일 원주목사에 제수한 것으로 나온다. 이 부분에 대하여 함종어씨 중앙종친회의 관련 자료에서는 "계미년(1703)에 공의 손자인 사휘가 원주목사로 나가서 석물을 갖추며, 묘표를 했고, 그 뒤 34년만인 병진년(1736)에 다시 글을 새겼다.(曾在癸未, 孫史徵出牧原州, 具石表墓, 後三十四年丙辰, 改刻其陰.)"고 하면서 어유봉이 짓고 어유구가 쓴 것으로 되어 있다. 어사휘가 1703년 원주목사로 나가 있으면서 경기도 고양(高陽) 선영의 묘에 대해 묘비를 세웠는데, 그 이후에 어한명에게 좌참찬이 추증되자 이 묘비를 어한명의 증손 어유봉이 1736년에 개각한 것으로 추측된다. 어한명의 셋째아들 어진석, 어진석의 첫째아들이 어사휘이고, 어한명의 둘째아들 어진익, 어진익의 외아들 어사형, 어사형의 첫째와 둘째 아들이 바로 어유봉과 어유구이다.

한편, 병자호란 일어난 지 180년이 지난 1816년에 조야의 유생 유학 심능철(沈能喆) 외 123인은 어한명에게 "높은 품계를 추증하고 아름다운 시호를 하사하라.(贈以崇秩, 賜以美諡.)"는 상언(上言)을 올렸다. 그런데 이 상언은 사건사(四件事) 곧 "적첩분별(嫡妾分別)·형륙급신(刑戮及身)·양천분별(良賤分別)·부자분별(父子分別)" 등의 억울한 일 등에 관해서만 할 수 있도록 극히 제한적인 것이었다. 따라서 품계를 올려달라는 상언은 소위 사건사에 해당되지 않아 기각되고 말았다. 그러나 아름다운 시호를 하사해달라는 청원은 1816년 당시 순조(純祖)의 은전(恩典)으로 허가되었는데, 1827년에야 비로소 충경(忠景)이라는 시호가 내려졌다.

2.

≪강도일기≫는 병자호란 당시 수운판관 어한명이 통진(通津 : 경기도 김포군 월곶면 군하리에 있었던 옛 읍)에서 있었던 일을 비록 짧은 기간일망정 기록한 일기 형식의 글이다. 곧, 1636년 12월 22일부터 29일까지의 생생한 증언이다. 그날에 있었던 일을 단순히 서술하거나 묘사하는데 그치지 않고 인물들 사이의 대화를 직접 인용하는 방식을 구사하고 있어서 그 현장에 있는 듯한 느낌을 주고 있다.

이러한 글을 쓰게 된 동기를 다음과 같이 밝히고 있다.

아, 병자년의 난리는 실로 우리나라에서 전례 없던 큰 변란이었다. 그리고 나는 지위가 낮은 관리로서 수운(水運)의 일을 맡았다가 마침 여러 행차들이 바다를 건너는 때에 다급하고 두서없는 모습을 목도하였고, 통진에서 본참으로 돌아오기까지 여러 차례 오랑캐를 만났지만 다행히 온전할 수 있었다. 이것들은 내가 일찍이 온갖 어렵고 험한 일을 겪었던 것을 평소에 잊지 못하는 것이기 때문에 그 전말을 대략 기록하여 아이들에게 보일 뿐이다.

어한명은 통진 나루에서 궁궐의 행차들을 강화도로 도강시키면서 다급하고 두서없는 모습을 목도한 것을 자손들의 경계 자료로 삼기 위해 기록한 것으로 저술동기를 밝히고 있다. 이뿐만 아니라, 온갖 어렵고 험한 일을 겪으면서 자신에게 주어진 본연의 임무가 아닌 일에 충성을 다 바쳤지만, 끝내 1637년 2월에 파직된 상황도 무시 못 할 요인이 아닌가 한다. 결국 어한명은 당시의 전말을 세상에 생생하게 알리고자 하였던 것이다.

그래서 당시의 위급했던 정황에서도 수운의 임무를 띠고 있던 어한명은 피난하는 대군의 행차가 통진에 곧 도착하리라는 것을 알고 난 뒤, 자신의 임무가 아니라고 핑계하지 않고 격군(格軍)들을 불러 모아서 강화도로 도강시킬 수 있도록 준비하는 과정이 제일 먼저 소상히 기록되어 있다.

그리고 백의(白衣) 초립(草笠)에 필마(匹馬)로 피난하던 봉림대군과 인평대군 일행의 곤혹한 모습이 그려져 있다. 그 가운데 봉림대군에게 배알하는 장면에서 그려진, 봉림대군의 자상하고도 의젓한 모습은 별나게 눈에 띈다. 그러면서도 한 궁노(宮奴)가 아침 끼니를 걱정하는 것을 들은 어한명이 양식 쌀을 갖다 드렸다는 대목에서는 그들의 곤혹한 모습이 더욱 부각되고 있다.

다음은 인조(仁祖)의 비(妃) 인열왕후(仁烈王后) 한씨(韓氏)의 혼전, 곧 숙녕전(肅寧殿)의 혼전(魂殿) 일행이 도착하자, 어한명이 너무나도 놀라면서 초둔(草芚 : 풀로 엮은 거적)을 마련하여 봉안하도록 한 장면이 그려진다.

이 가운데, 강도(江都) 피난과 수비의 책임을 맡았던 검찰사(檢察使) 김경징(金慶徵)의 처사가 그대로 그려져 있다. 대군들을 비롯하여 숙녕전의 혼전 등의 도강(渡江)은 안중에 없고, 오로지 자신과 가솔들의 안위만을 생각하는 김경징의 처사를 아주 세세히 그리고 있다. 뿐만 아니라, "나라의 두터운 은혜를 받아서 중임(重任)을 한 몸에 졌으면서도 국가의 위급을 생각지 않고 단지 처와 자식들을 보전하려는 마음만 있네."라는 대목은 김경징의 처사를 강력하게 비판하고 있다.

다음으로는, 우여곡절 끝에 대군들의 일행과 숙녕전 혼전의 일행을 도강시키고 나자, 통진 나루에 뒤늦게 도착한 빈궁(嬪宮)과 원손(元孫) 일행의 장면이 그려져 있다. 말 위에 실려 있는 가마를 타고 왔지만 부지군(扶持軍 : 부축하여 도와주는 호위군)조차 없어서 고개 하나 넘지를 못하여 어한명이 수하 5,6명을 보내어 호송해왔다는 대목은 빈궁과 원손의 현실적 처지를 적나라하게 드러내고 있다. 게다가 그때 작은 배 한 척이 남아 있었는데, 너무나 많이 탔을 뿐만 아니라 조수(潮水)가 이미 빠져 나가서 어쩔 수 없이 하룻밤을 사처 (私處)에 유숙하는 대목은 더욱 처절한 상황이 그려진다. 또한 빈궁에게 저녁수라조차 올리지 못했다는 내관(內官)의 말에 어한명이 양식 쌀과 율무 몇 되를 가져다가 올리는 대목은 처절함이 더욱 상승된다.

이 가운데, 통진 현감 채충원(蔡忠元)이 그때야 나타나자 어한명이 "어찌 제때에 즉시 대령하여 자기의 소심을 다하지 않는단 말이오?"라고 힐책하는 대목은, 전란을 맞아 관리들이 제 소임을 다하지 못하고 있는 현실을 있는 그대로 드러내는 대목이라 하겠다. 특히나, 그 혼란한 상황에서 빈궁의 행렬은 되돌아와 사처에 머물러 있음에도 김경징은 그의 가솔들과 함께 그 틈을 타서 바다를 건너 갔다는 후일의 전언을 함께 기록함으로써, 어한명이 지녔던 김경징에 대한 불만은 대단했던 것으로 보인다.

다음날 새벽에 빈궁과 원손의 행차가 강화도로 건너려고 했지만, 배들은 대부분 모래톱에 걸려 있을 뿐만 아니라 격군조차 한 사람도 대기하고 있지 않은 상황이 그려진다. 이는 자신의 소임을 팽개쳐 버리고 강화도로 떠난 김경징의 처사가 더욱 비난의 대상이 되지 않을 수 없게 만들었다. 반면, 바닷가를 샅샅이 찾아서 숨어 있던 마을 사람들을 잡아들여 끝내 빈궁의 행차를 강화도로 떠나도록 한 계기가 됨으로써, 국난을 맞아 충성을 다한 어한명의 행위가 부각되었다. 어한명의 충성은 빈궁의 행차를 떠나보낸 후 쓰러지듯 하룻밤 자고 나서 다음날 아침에 부찰사(副察使) 이민구(李敏求)에게 잘 도착하셨는지 확인하는데서 더욱 부각된다. 곧, 빈궁의 행차가 역풍을 만나 거의 위태로운 지경에 빠졌지만 겨우 벗어날 수 있어 지금은 김포의 손돌목에 머물러 있다는 대답을 듣고, 어한명은 곧바로 달려가서 그 당시 모여든 관리들과 함께 힘을 합쳐 강화도로 무사히 건너도록 한 장면이 그려져 있기 때문이다.

끝으로, 경기도 김포의 통진에서 충주에 있는 본참에 돌아오기까지의 귀환과정이 그려져 있다. 19일까지 호조의 화물을 운송하기 위해 기다렸지만 오지 않자, 20일 아침에 통진 나루를 떠나서 경기도 시흥 낙양촌, 안산의 옥귀섬 능길촌, 수원 산성 아래의 마을, 경기 안성의 죽산, 그리고 그곳의 관사 태평원, 충주의 말마촌에 있는 김중길의 집을 거쳐 29일 아침이 되어서야 충주의 홍원창에 도착했고 당일 저물녘이 되어서야 충주 본참(本站)에 도착하였다. 이처럼 천신만고 끝에 돌아왔지만, 1637년 2월에 오히려 임무를 소홀히 했다 하여 파직 당하는 지경이 되었다.

이상의 부분이 어한명이 직접 쓴 글의 내용이다.

그 다음은 김창협(金昌協)이 1706년 동짓달에 쓴 <후기(後記)>가 이어진다. 그 시기가 언제인지 특정할 수는 없지만, 어한명의 증손 어유봉(魚有鳳, 1672~1744)이 자신의 스승인 김창협(金昌協)에게 '후기'를 부탁했던 것으로 보인다. 김창협이 후기를 짓게 된 내력을 밝히는 대목에서 어유봉이 찾아와 '병자호란 때의 일을 기록'한 것을 보여주었던 것으로 서술하고 있다. 이 후기에서 '새로운 사실'이 덧보태어진다. 어한명이 이미 죽은 후인 1649년 소현세자의 급사로 봉림대군이 효종으로 보위에 오르게 되자, 강화도로 건너가던 당시 어한명의 충성을 회상하여 여러 차례 그 성명을 물었으나 당시에 아는 사람이 없어 밝혀내지 못했을 뿐만 아니라 세상에 알려지지 못했던 안타까운 사연이다. 그리고 김창협은 김경징에 관한 여러 기록들이 여기저기 전해오는 가운데서 어한명의 기록이 가장 믿을 만하다고 언급하였다.

또 하나 이어진 글은 권상하(權尙夏)가 1714년 10월에 쓴 <발문(跋文)>이다. 이 역시 어한명의 증손 어유봉으로 말미암아 짓게 되었다. <후기>와 마찬가지로 부탁한 시기가 언제인지 특정할 수 없지만, 권상하가 <발문>을 쓰게 된 내력에서 "나는 일찍이 어한명의 가르침을 입었지만 직접 한 번도 찾아뵌 적이 없어서 한스러웠는데, 지금 그의 증손자 어유봉으로 말미암아 공의 '병자강도일기(丙子江都日記)'를 볼 수 있어서 더욱 나도 모르게 감탄하였다."고 밝혀 놓았다. 또 이 발문에는 "진실로 평소 의리와 이해를 구분하는 데에 본디 밝은 분이 아니라면, 국난을 당하여 다급한 때에 어찌 맡은 일이 아닌 이외의 것에 온 힘을 다하여 충성을 바친 것이 이와 같을 수 있겠는가? 기리어 숭상하고 발탁하여서 충성스럽고 의리 있는 선비를 떨치고 일어나게 함이 마땅하다."며 어한명을 기리고 있다.

여기까지가 아마도 ≪강도일기≫라는 책자의 원형이었던 것으로 생각된다. 그것은 이번에 새로 발굴된 충남대학교도서관 소장 ≪강도일기≫에서 확인할 수 있을 것이다.

서울대학교 규장각한국학연구원 소장 ≪강도일기≫는 원형의 자료들과 함께 병자호란이 일어난 지 180년이 지난 1816년에 어한명에게 '품계를 높이고 시호를 내려달라'는 청원 과정에서의 자료들이 묶여 있다. 남공철(南公轍, 1760~1840)의 <시장(諡狀)>, 이재순(李在純) 외 4인의 <통문(通文)>, 그리고 심능철 외 123인의 <중외유생유학신심능철등상언(中外儒生幼學臣沈能喆等上言)>과 이에 대한 이조(吏曹)와 예조(禮曹)의 회계(回啓)가 각각 수록되어 있다. 이 체재로 된 서울대학교 규장각한국학연구원 소장본은 1책 31장 분량이다.

이 '규장각본'은 필사연도를 정확히는 특정할 수 없지만, 1816년 10월 20일 이후부터 1827년 5월 14일 이전까지로 추측할 수 있다. 아름다운 시호를 하사해달라는 청원이 1816년 당시 순조(純祖)의 은전(恩典)으로 허가되었고, 1827년에야 비로소 충경(忠景)이라는 시호가 내려졌는데, 시호가 내려지는 과정이 빠져 있기 때문이다. 이 책이 지향했던 필사 정신을 염두에 둔다면 시호가 내려지는 과정을 빠뜨릴 수가 없었을 것으로 짐작되기 때문이다.

≪강도일기≫의 원형에 해당하는 부분은 정환국 교수의 지적대로, 병자호란 발발 직후 수운의 임무를 수행하면서 강화 일대의 피난의 상황을 직접 보고 기록함으로써 병자호란 당시의 이면 정황을 이해하는 데 매우 긴요한 자료이다.

단, 한 가지 덧붙일 것은 이 기록물을 과연 '강도일기'라 칭해야 하는 것인가에 대한 의문이다. 이미 '이본 대조'에서 언급한 바 있는데, 강도에서 일어난 사건의 기록이 아니고 강도로 들어가기 전에 통진 나루에서 일어난 사건에 대한 기록이라는 점에서 충남대학교도서관 소장본처럼 '강도진두사기(江都津頭私記)'로 불러야 하지 않을까 한다. 강도를 포괄적 범위로 생각한다 해도 이 명칭이 보다 부합하는 것이라 할 것이다.

┃ 참고문헌

김지영 〈어한명의 묘표 해제〉, 서울대학교 규장각한국학연구원.
장경남 「병자호란 실기에 나타난 작자의식 연구」, 『숭실어문』 17, 숭실어문학회, 2001.
정환국 〈강도일기 해제〉, 서울대학교 규장각한국학연구원.

[영인] 강도일기

서울대학교 규장각한국학연구원본

충남대학교도서관본

여기서부터는 影印本을 인쇄한 부분으로 맨 뒷 페이지부터 보십시오.

世遂剝取其事錄于簡末使後來者有考焉爲文書

余少涉先輩間　仁廟初載多士思皇隨闈訊耳君枉一時之選時則靪宣畫

惢名進士主張僑倫發津謁尉金壽嬌鳳而恨夫炎一拜今圉長孫舜

瑞得見丙字江題日記菁虔欽歎苟非于目書嘅米我程云[illegible]君臨貳食寺

烏能尚致遠米職事之外君是教旦匜康臺援擢兿起去我三士四公目

伐世美恕南乖　曜祖陽近虞而美有以對揚絶使當日之選萬氏閑時宗

重嗚于世玉憾逆之金桼表如出之以不後來甲午陽月上澣安東權尚夏

謹書

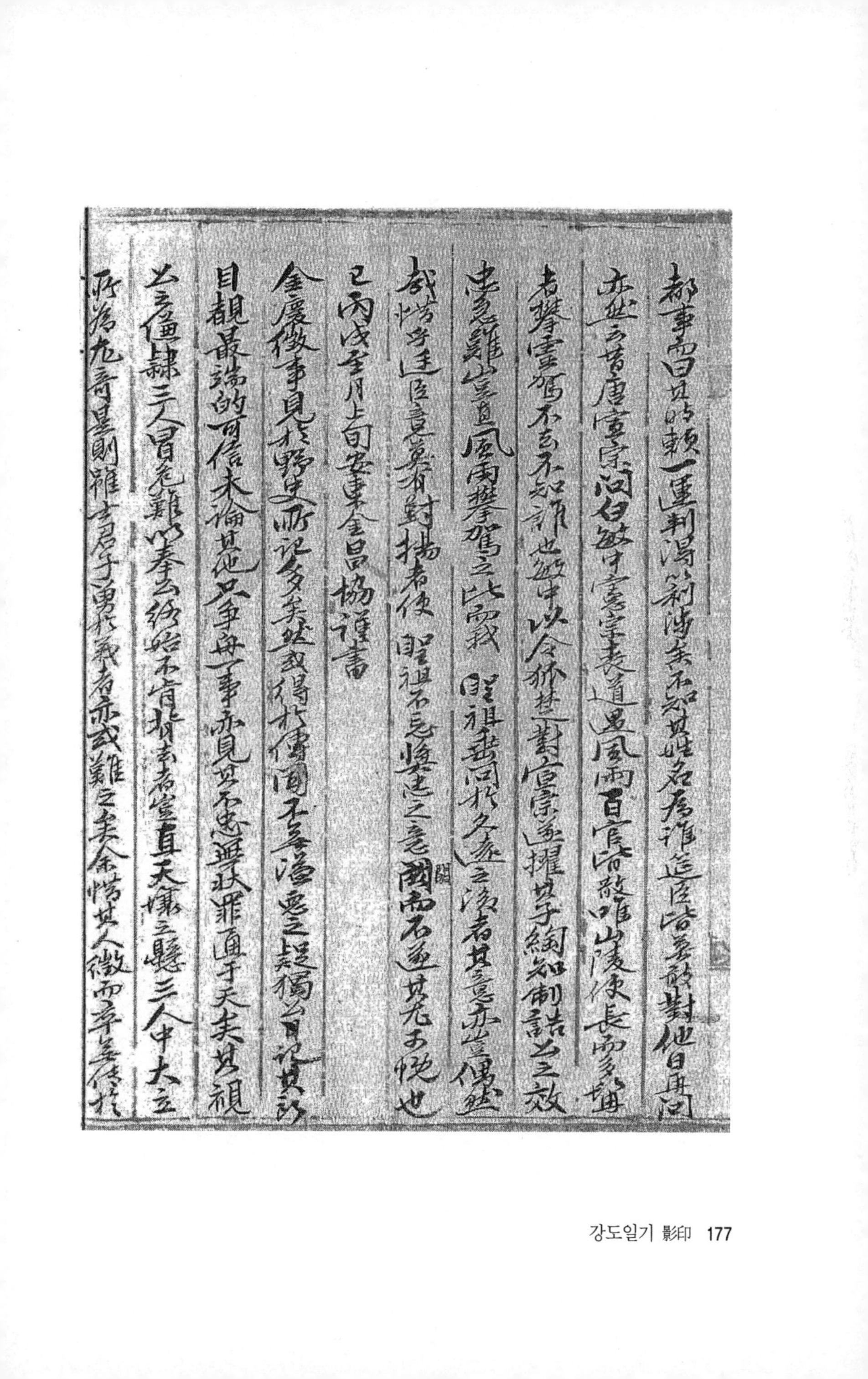

正二月初始同解圍之報即以漢騎壓行之應諸站招集散亡之格軍收拾乘畢

之所真二日午後始得入城金判書已進帝李景稷時往來知金甫初融

直津曲折是日午後徑先諸羅徐多自伸山兼枚邪還丙丁之亂我國

大變而金微官任事通蕭諸行次濤涉二日目覩發亥顚沛之狀自直津

還汝之際男丁賊兵卒李而濤徐臣里平生所嘗諫陰守不使老書時記題事以来呪律

右猴運判魚云所記丙子時事之曾猶有鳳舞端以余

而玉知我一過攷各私負身卽其職事而在世真遷近觀望無肯畫可其義

兼而之之如雖免逃去多矣說鈕打職事外出力效志以補國家之急如以三居

志堂无難敢出而事定之日反必不赴 行在獲乘而忠當之寔沒世不自之邦

不自惶悔惊侍以勸世三居忠嘉敢頑固之後 孝宗皇上時哈匿遷從

以報敵及妻子而牽馬以從又人之能斷於私情而有
誠於官上如此淩到安山以賀粮出去路達國致死○又有
馬頭受下者自乱初從余性通津自通津到江川其間勤労奔走該行立功有不可勝言賊騎交橫於道路而終始得脱於
死亡者宗頼此人之力也及到江川以排見且家属辭金品悸淩被虜見殺云○又有通引英男者扎初使三俵
兒行護送于半程則集以君官主家属不可兼運諸史路逢扶護至陰城本官遷到驍川賊已充満庭留不得進
同余到江川即来現日父毋妻子歲石得推見寧德直賜主而同死生其終始陰従二切宗非尋常可得
之誠不衰可謂下輩中難得者也噫余與此三人者同患難於萬死之中故近不能忘差録于此
是日午淩到安山奴子家
奴子辞讐皆避入乭性島只留两奴在家遂住之指導而行著到風甲峴聞賊
方困操於洞中遂授奴子家夜将半又渡行菩到水原山城上宿二十七日朝發向青衣菩提行山
霄戒報如烏危生洞
從同道行又同賊笛也富國倉 二十二日避入乭怪島能吉村 宿宿松日更番貝布報則此島乃重陸
不聞東運于奴子家
著程遲近可沓昌
其村宿二十八日淩晨裝行至明至太平院 國人余栖馬上呼西洞邊百賊兵時在佰 有一羣唐人持弓矢五於路左視其
惟言但日後少多有之神見言淩是可疑之人歲 菩到忠州林馬村金重吉家留宿二十
可金即回馬従小路菩鞭而過
裝行菩到興元倉江邊招越店站人等持欣来迎而見余湛生而来
即子丑元日逃余得上站乃佳他出沒屋留以待賊退而日後人探候山城清息

使喏亦嘗來會同時護涉焉余即進遝津所而來本軍上物三駄來到碛生起赴江華

則當初職掌專在卜物三軍涉迤音渡海之後卜駄或來則事極狼狽留連來守

知自畫之所如乃搖收率下人輩曰海等皆在露梁而不看護海父輩妻子可俱去矣下

人輩宮當安多雖三隆畫迤賜於此畫而身出敎多青設不忍余敎帳七八人而面

入番者三四以爲觀望務迤海三許羑十九日朝有萬唐人來于津頭問嬪宮行次入海

此吾羑賊中偵探人世居民大賊村屯一室檢察自江都令渡海諸虹舉道移涌于

越邊掛迤之虹一時敎火燒盡余始望臺上奔付羞渡不得麾〔左尾〕朴山城渡灣事日甚待

卜物三來變值潛從於江都此後流徙惟當閒陽沚上新迤待山城解圍趨即詣由水利

相則亦不失産畫己盡賣迤逐捨畫畵同及休物於三家二千百早朝裝行自直迤津海

邊刻當于其村迤宿二千百朝來投於川樂手村 有贍丘大三音通達甚畫于我比此其妻
則辭送市隨之其兒女幸衣裳投三大全

置扵沙浦而格軍三人措備　兩殷行次亦自下憂相從來國而通津倅及右道判官

俱來及待令韓守同知孔為倡言于金白何以為之金倅下人巡視海邊副有松三人潜伏

于僻處使人提致果是村泯而操舟三役可以為之金即倅來性甚人手韓守三倅白云

可看處此人使名浮逃避又一廟搜海上提得殺之而來白又加得一兩三格失韓手時白多

辛多事前後所得人並八人姑容多四人韓守陰　兩處所來三處黃向五十其陰正急雪

霏搖天沖々雨地撐人于萬頃流沜中停三可陰慘不且覺余亦達夜查走飢事并之君

怡氣晝仍欲呈本来投寓許剛夜之向曉天趙乢因倒不省人事困以人眠未十山日朝

又往見李子副察扵蜜問日曉頭　兩殷行次既之事重過涉而李自搖行之際過還感

毅没扵流沜連艱得脱回洎于孫果項不悌為騷即赴生孫果項問三剛果並手時即事

相坊陰廟社寧金慶微亦自越邊還口葉當守張紳直津縣壁在道判官德沛命

求曰俄見內官又使余整理蟹夏而朝南而募民丁則已入行大君行次令則非但夜深當

此急難通津之民其皆與他各言者也以桄軍一事責冒子本官方也出来之除通達一驛

馬嘗乃通津縣監蔡志元也余執其手空言束叙先生何壞使代行先而直守守各

言下人終盡余村死地而然此目與相對略陳已往念已死失有頃有人急呼通津大合

宇人一行嘉宴於沔上建塞方甚連喫火来直津曰甚卽使下人眼臺草報同而未絕火

炭為此實村居積草如山水可以供火全直津曰其卽使下人眼臺草報同而未絕火

於沙除沙除實戰之人一時出縣需哽為止時嬪宣下盡待令者惟韓李兩去而已慶徽

則自少間 嬪宣乗船之隊仍不知去處渡潮震微見嬪宣弄世先就曰審事而載之端

渡海去矣以注韓李深恨貝武為夜將半余小人未報曰雞鳴天潮水且盡余親生海邊

見三使人多誉于韓李卽俗来虹武則軰妻多報掛

判官魚其浻以戶軍上物運渡事再晤祗舍上多有未到坮地仍令
借其船隻以待美日何時卷如渡海令對曰當待今日申潮至水�解歪後乃可渡得官
奴一人進言于大君前曰行中頓乏手升令舍朝飯何着之金頂發陽卽招下人
粮未一身進呈更的兼膳拾入朱門內美旋卽出臨而致辭于金曰判官送飯
多謝金卽辭別空更言于湖所蒙得格軍守曰時事至此亦無奈敢不奉國言必行
躬親點名更三申傷吾等無時雖亂人如言必出進之隨急而散止豈是大君下酌曰
吾一行人馬甚衆如三夏定送余對曰山人亦敢許如投空區宁唯當饋雖飯使
出際文見右一行成行步未而其中一人着素絎單眊揹負幂綿褓雲裏使人何三乃青宮殿
李安行途遇兄極驚江急令人夫輿韠范枝並排扶手而上則共行卽就如禹乾何晚
閔甸言民朱僕如从者如仙伐扶向磨上下混同英辭晝賊過滿沙上白

日洋書獨非我國民乎 國有大變 宮殿行次蒼皇至此而至急海濱邊何道理

時言之屍在津頭者見一行客曰暮臨渡則津頭之人亦不可越視況國家行次臨亂到

此安能被居無涉之意邪其中一老夫奮聲曰君賜主言誠然吾儕當伏杖

使之陸入橫津一村男丁三十餘丁合計數十餘名守津頭方掘置三此下海行

飯之際回渡後山有一行次者曰兩邊窒路此天高而事就里吳島而鳳林大君迎

即遂真而不見金未先使人招之余勤拜謁于山尾止村家非外砒邊韓坂大君

亦在其左矣余俯伏君臣無佗序使下待方層進排何移時不任金見之余先達言曰

俯伏凍坂似有不安就序之意逐野掌草一束置金際下勅大君始就序余先達言曰

國亡之至一何爲哉大君曰安有如此事乎吾是吾再三余文跪曰 大駕出何儒曰已向南

漢山城因泣下拔行余亦嗚咽不能對大君曰君存諸此涉事使以爲之余對曰火人即軍

有邊報而不知後急通官不能吐而待曙十五日胡忽有一人驅馬過門者出同浩下之報

則答曰昨日賊騎已到碧蹄大駕東發去夜自南大門欲向江都間賊已踰山峴不得已

閉城入改路向南漢唯嬪宮元孫兩大君僅得先出昨昏未曾通津地即當到津頭

舍曰浩言賊雖未昨日姑得入城其入白出伊等盡其彼妄傳余念其信然驚惶

失措滿懷自既夏而思之余所以未嘗書難為本事上物之運涉今舉國家行次顛越

至民而江華通津官時差一人素待賤敵兵將至滿行次何以過涉當生之時身在此

所需本書上物待候而不來國家行次已到而驪意居子王義宣以非元征偉議需君義代行

過涉之事平但念此隻則有之而麻棧多人可得揮已招致居民敎三軍論曰國家

不亭敵兵將會論官敎行次即刻未到而地方諸營未及來候無接送何轍得逆軍居在

海濱必眉捷廿一番見涉三勞安石得辭居民等難為不聞從衍止敎之意余即傳聲

十□字晴是日行一百十里□越江得達義州

江都津頭私記

魚漢明 著

余於乾隆京鐵左道水運判官供職諭事失守今冬十月元唐判書金□臺
國下帖□本站日站□臺遺移泊通津□□本書上物□亂運玖二地本站依□付即□站
如干餘隻回泊于通津新村□而□□軍皆□□□□□人報五□□□若□振□□得□□□□
乒掛置于□□□而使新村人看護□□且□手十二月十二日夕□□□報至十三日朝判相□
宮厲招余言曰今□□□初□□有□□移泊二帖其已□行告今日宴□□集行□判相曰□今
兔至□君□親□□兩□□□上□□且□護□涉于□都□余對曰□□□□□還□□□□
格二□□何□運用判相曰諾固然□君□隨便□□金遠詳兩□其□□□□□□格軍皆在□□□
站即□下五□□□君□于人□□□夜奔馳□百夕到通津新村□□□□君□知有□□余□

강도일기 影印

충남대학교도서관본

여기서부터 영인본을 인쇄한 부분입니다. 이 부분부터 보시기 바랍니다.

강도일기 影印

正臣文純公權尚夏文簡公金昌協叢揮之文字實
爲百世之公案今於節惠之請尤可見公議之愈久
愈激魚漢明節惠之請特爲許施其在合樹風獎節
之道而事係　恩典臣曹不敢擅便　上裁何如
啓　傳曰依草記許施爲良如敎　同月二十日夜　下

烈王后魂殿也漢明驚泣旁就草苫張于船所乾以
奉安俄堂後峴又有馬驢之行趕到津頭則嬪宮
及元源也漢明又寮氏丁護行得以制涉自亂殺乘
意當世謝藥擧業屏居田野十餘年爵祿不復及身
而沒々後二年　孝考啓大哥臨莚語及江都事曰
其時非一運判無以為濟佴不知其姓名為誰進
匡莫能對蓋漢明為人忠謙不伐功不言事且其位
甲而名晦同朝之人莫能知也先正臣文純公權尚
夏文簡公金昌協皆有叙述請賜美諡以伸公議云
矣　贈恭贊魚漢明丙子庀　聖之偉續備載於先

禮曹囬

啓〔同月二十三日夜上言 啓下禮〕〔同外十月初五日判書趙德潤潤〕

啓囬

啓曰因中外儒生幼學沈膩喆等上言吏曹覆

內贈諡之請非臣曹所關令禮曹稟處 允下

矢觀此上言則以爲照左於贄魚漢明丙子之難

以左道水運判官爲運戶曹卜物領淶站舡于津畔

以俟卜物之來及聞 孝考將至遂爲艤舡濟也之

簀卽地招募津民曉以大義修飭舡貝整備以待

孝考嘉其忠義下詢爲誰漢明對以職名未發又有

一行戚羣步來其中一人乃是牧隷而耶負卽仁

吏曹四

啓 〔同日上言啓下吏書同月啓 十二日判書金陽煬回二〕

啓曰卽見幼學沈能喆等上言內辭緣則以爲

左叅贊臣魚漢明丙子沁都庵 聖之功贈以崇

秩賜以美謚亦爲白乎㫆庵 聖致勤其在樹獎風

聲之政合有別加崇秩之擧是乎旀於年前大臣

獻議中以上跂與上言上徹同而其路則各異四件

之外不以疏以上言者事面較聽風之爲㦲覆羹是

白乎則今此呼籲於俱在四件之分奇久重事而之

羨盞之而 贈謚之靖非臣曹所擅爲何

如 故 傳曰允

尹洙　鄭世昌　金人桂　俞彦柱

徐賢輔　趙在星　徐有偉　韓英敎

洪在㲁　柳得鑛　權中儉　李祿在

尹庠一　金大淵　金護淵　沈宜奭

閔致恒　李寅秀　金達淵　李宗濂

李寅爗　閔端顯　金東直

吳　燨　　沈宜敬　金炳周　俞廣柱

李勉祐　金台鉉　洪應謨　李寅和

趙基升　朴氣浩　沈錫圭

申命求　沈宜寅　李培秀　洪箕燮

金魯廣　吳致聞　金有喜　李觀洙

李　株　朴駟煥　柳議　金英淳

李鼎沼　權五應　任天白　金德喜

任最常　李　埠　趙秉觀　尹致道

尹致達　尹致遂　李寅元　申友善

尹致久　韓命教　柳譆　李在建

李根五　洪直讚　朱祥來　申晙朝

柳之和　徐有畬　金龍根　申孝善

李東獻　徐有攢

幼學　臣　李鍾晳　申在正　李炳謙　沈宜東

尹止善　李鼎儀　朴宗侃　朴齊慮

朴齊臣　韓問裕　金來淳　李正頣

金東獻　朴齊七　趙學儉　洪鍾英

金大均　金宬淏　金弘淳　金瓘根

沈宜晉　金測根　金左根　沈能大

李義宅　申錫龜　趙學黙　閔泰鏞

公議以答我 聖祖臨筵再詢之至意不勝祈恳之
至伏蒙 天恩爲白良結壁良白去乎詮次 善啟
向教是事詮良白內卧乎事是亦 啟

嘉慶二十一年八月　日

幼學臣　沈能喆　　洪永寀　金晚喜
進士臣　尹涗　　　李宅鉉　金載駿　趙基恒
　　　　李正履　　李觀九　洪吉周　申恭有
　　　　李一容　　沈宜益　金正喜　金命喜
　　　　金商一　　李章翼　朴光淏　沈源祖
　　　　沈宜觀　　徐鴻輔　李文容　黃秋

之忠闇昧不章余亦表而出之以示來後夫二先正
卽一國之耆龜後生之師表也其片言隻字之獎詡
於人者莫非不刋之公案而可傳百世則今此爲漢
明之事敘述而表章之者豈非臣美身等耶謂之言
之可徵悖史之可信者耶然則臣美身等之靖尤妄
可已也況是今年適會舊甲　朝家之所以襃忠記
功者幾無曠典而乃獨於魚漢明之如彼忠義而無
所記襃則烏在其顯幽闡微之義也若臣美身等請
以故贈左叅賛臣魚漢明之忠義功烈令該書
贈以崇秩賜以美諡以慰九原之忠魂以伸百世之

知誰也敢中以今孤埜對宣宗遂擇其子絢知製語
公之效忠急難豈直風雨攀駕之比而我聖祖亦
閒於火速之後者其意宣偶然耳惜乎廷臣莫有對
揚者使聖祖獎忠之意關而不遂尤□可慨也權
尚夏之文有曰仁祖初載多士思皇賢關執耳必
極一時之選時判官魚公以名進士主張士論聲塾
藹蔚今見其江都日記尚非平日素明於義利之分
者臨亂倉卒惡能出力效忠於職事之外岩是我是宜
褒尚拔擢以興起忠義之士而公不自伐世無知者
至於聖祖臨遜屢問而冀有所對揚者終使當日

不及者又不幸近之矣是其真忠純一不雜功利者
可質神明而正且矣身等耶謂幽而宜顯微而宜闡
者此世以故有識之人重為之況屈窺惜欲一表章
於聖朝者厥惟久矣昔先正且文純公權尚賢文
簡公金昌恊之文有曰余惟世教衰士大夫知利而
不知義一遇瘼故各私其身雖其職事耶在求且觀
望況能於職事外出力效忠以濟國家之患如公
之為者豈不尤難哉然忠勞之實没世不白亦何以
勸世之為患者哉昔唐宣宗間白敏中曰愚宗之喪
道遇風雨百序皆散惟長而多影者攀靈駕不去不

至　嬪宮元孫何以趁卽渡涉乎是其從龍之勞庸
聖之切有不可諱者矣漢明自亂後無意當世謝
棄擧業屛居田野十餘年爵祿不復及身而歿歿後
二年　孝考登大寶美　臨筵語及江都事曰其時
非一運判無以爲濟但不知姓名爲誰　慈臣莫能
對他日再詢而亦無以漢明奏者盖漢明之爲人忠
厚謙牧不伐其功不言其事且其位卑而名晦同朝
之人莫能知漢明之有是切有是事故未能一聞
聖朝得蒙襃錄而竟歸湮沒而止此與丙吉之不言
盡嘗孫事可謂曠世同符而介子推之不言祿〻亦

云此時何以得炭漢明忿然曰故寒之火何必炭為
四處村落如山積艸無非可火島使吏取藁以爇火
一行賴以取煖漢明達宵下寨搜括潛伏之津民輩
備操舟之諸具候鵝東潮亦得以利涉焉鳴呼驕虜
猖獗天步艱難擁兵之臣蟻援不至守土之官鼠竄
惟意一有盡分於職者必補其忠褒其功况其出於
職分之外者于然則漢明之遇至誠之會辦大事於
職分之外者見義之明也拊散亡之人護聖駕於
呼吸之間者效忠之盛也當此之日如非漢明之見
義而效忠則惟我 聖后之禋殿 聖祖之御駕以

練盖緣　仁烈王后喪期未盡也漢明皆護送船次
得以利涉猶守海口飭諭舟子曰眹險海路盡心護
行　大君行次既涉沁都而海口更無船矣俄崔後
峴又有馬轎之行趕到津頭即嬪宮元孫也轎無
扶持不能踰峴漢明又蕪呉丁護行以來陪其後者
惟承旨韓興一一人矣漢明遍搜海口只有船站一
隻方滿載人馬而將發漢明比令下之乃得以上船
如是之際潮水已退無以行矣嬪宮元孫還爲
陸宿于村家則夕水剌又闕侯漢明函懷意故而進
之是夜寒甚上下皆凍宮人奔走求火眹有輿者皆

福之執燭前導可謂匹美並福美一孝考嘉其義、
下詢曰君為誰漢明對以職名且奏曰小人方為領
運戶曹卜物待令于此即聞、殺宮行次顛趑恟至
己令修舡以待遂俟潮至鉚動沙裕各令效危　孝
孝又下教曰吾一行人馬其衆三舡定送漢明對曰
安取誅教惟當畫撥以待美、未幾又有一行成聲步
來其中一人著紫巾負荷迷乃暴掀課而新負印
仁烈王后魂殿也漢眀逾益驚泣旁求蒼皇思護十舡
所就以本安是時闕內大小男女前聚庠彌呱皆以
白衣掩面上下混同青曉其辨而遍滿沙上白

在海濱必習操舟一番過沙何敢憚勞乎時 國勢
邊意人心獷頑村氓聽者不聞皆懷逃散漢明慷慨
雪涕勵聲此之日汝事獨非我 國之民乎 殿宮
寰意至此而汝輩無意濟涉是何道理違者斬村民
始乃感歎驚服咸起其令於是松幕沙格四十輩修
舲舡具整備以待而船 孝考車駕至美漢明進謁
朴津岂村麻之外先請 大駕所在 孝考泣而下
教曰已向南漢美漢明但流涕頓足已而即見 孝
孝御津土則奉席而上之聞 孝考關朝供則懷來
西進之至承辭謝之 教隱焉異之麥飯豆粥李恒

帶沁都便同天限賊騎在後 一刻少緩則 國事同
措此乃居守之臣津止之官而當責者而無一人來
待者先時漢明以左道水運判官為里戶書卜物領
宰故卿泊于津畔以候卜物之來及聞 孝考束駕
將至乃自念曰本之策言轉在本書卜物而顧今
國家敗蕩來輿播越宇士人官轉至者則本書之
職務輕於鴻毛 殿宜心新事於泰山臣子之勢
唯當臨應處度豈可以諉諸三仕云不謝之勢行
予遠為轍舡濟色之黃命從嘉事三曉以大義曰
國家不幸賊失辟至 殿宜將臨便官不至決董唇

彰而顯之微而不闡者著而闡之然復咸知夫忠之
必顯義之必闡無不為之奮勵激仰以自勉焉此其
為世而然也但其幽微之甚則或慮事案之差而一
有立言之可徵悸史之可信眇然難誣者則尤不可
不表而揚之闡而明之如故　贈左參贊魚漢明
丙子沁都廳　聖之事是已嗚呼當時之事尚忍言
我狼烟西起烝東馳四日之內直犯郊垌國家
之耶特惟是彈丸沁都而賊騎已迫　大駕無以得
達轉向南漢而惟　孝宗大王時在鼠林游邸與稷
坪大君向衣匹馬來臨通津流浙滿江丁無片帆一

中外儒生幼學臣沈能喆等上言 〔本年同月十七日〕

明陵幸行時上言都承旨朴宗薰次知二十日入敎

右謹啓臣矣段臣矣身等伏以今太歲卽崇禎丙

子三回甲也猗我聖朝繼述祖宗之事當時偶

義之士效忠之臣其有未盡崇報者則或目大臣

慫恿或曰章甫號請獎不爲之表揚而闡發之条得

其宜廉眇不舉其眇以明彝倫於百代樹風教於四

方者於乎盛矣然臣矣身等竊以爲獎非忠也而顯

幽之爲貴矣彰非義也而闡微之爲美是以夫子於衛

士之忠僧人之功必舉其言而詳記之盍幽而不藏者

之功獨不登聞於難續竟致湮沒而止則豈非士林
之羞而何以為天下人臣之勸乎又何以答聖祖
之苦心而闡先正之遺意哉此又魚公幸以遇於今
日之聖朝者也中外多士方謀蹕路登聞仰請
贈秩賜諡之擧伏碩　僉君子各賜華翰曲也為齊聲
同領之地千萬幸甚
發文繕上副正李在純　前縣令金魯喆
禁府都事洪秉直　進士尹涽
幼學、洪永變

竊故亦且觀望況能於職事之外出力效忠如公之
為哉然而忠勞之實沒世不白　詢問之後竟無對
揚使　聖祖獎忠之意關而不遂尤可慨也顧此二先
生之筆乃是不朽之公案而可傳百世則公之不遇
於當世者亦可謂遇於二先生者又將不暇於朝廷
而二先生之野感慨嗟惜者又豈但己於九原之下
哉方今　聖上繼述　祖宗故事無忠不襃無功不
錄而今年又是丙子三回甲也當時忠義之人功烈
之臣或大僚建白或章甫陳疏其有未盡崇報者蒙
不為之發揮表章以為顯幽闡微之圖而魚公之忠

祖嘗臨筵每語江都事曰當時非運判吾其危矣但
不知其姓名為誰 筵臣莫能對顧 聖祖臨筵之
詢卽見襃錄之 盛意而同朝之不知筵臣之不對
豈非不幸於當世之不遇者乎先正臣遂菴權先生
農巖金先生慨惜之甚嘆嗟之久至為之文而發揮
之權先生之文曰苟非平日素明義利之分臨亂倉
卒烏能出力效忠於職事之外哉是宜襃尚挍擢以
起忠義之士而 臨筵每詢莫有疢對終使闇昧不
章嗚呼可慨余故表而出之以示求後金先生之文
曰世敎衰而士大夫不知義理雖其職事耶在一遇

舡盡移越邊魚公遍搜沿海僅得一舟艤水已退無

以行舡止㠁村岸則　爐宮元孫俱闕水剌魚公又

懷蓍莈茇㠀以其飫蓻葉㙡以禦其寒窮措潛伏之津兒

整蒲操舟之諸具達宵不寐候鵜乗潮竟得以利

涉矛噫遇倉卒而辦事於職分之外豈意哥而竄

聖衆呼吸之習此其忠之盛也當此之日如非魚公

出位攘舡則惟我　聖母之理毀　聖祖之御駕爐

宮元孫俱不知所炒美此又其功之茂也及其葺三

魚公絶意當世屏居田野爵祿不復及身者十餘年

而卒終公之世口不言功同朝之臣莫有沱者噢

通津聞変之夕傀慕村丁晨夜奔馳以為耶掌難在
曹務耶重宗在　殿宮臨急慮変臣子之義豈偲以
職之有無為遂為犧缸濟屯之策招慕村民暁
以大義人有逃散則鷹聲雪深激以忠憤竟能招集
沙格四十餘輩以待　聖祖之駕臨趙謁於村廉之
外　聖祖方御津土則奉席而上之　聖朝方闊朝
供則懷米以進之餉勵沙格各令効死得以利渉未
葬　仁烈聖母殯殿披隷貟至魚公愈益痛哭旁求
草芚奉安耶未幾嬪宮元孫馬轎超到轎無扶
持不能踰嶺魚公又慕村丁扶踰臨津時則海口之

通文

右文為通告事褒忠紀功士林之美舉 國家之大

政而時有遇不遇事有幸不幸竊惟故達判官

贈左茶菅魚公漢明沁都庵 聖之忠之功直不幸

於當世之不遇而幸於今日之遇者也念昔 崇禎

丙子建虜驕橫天步多艱 大駕已向南漢而惟我

孝宗大王時莊鳳林潛邸興獵坪大君白衣草笠匹

馬臨津將渡江華居當之臣津頭之官初未有一人

至者流澌滿江故渡無舟賊騎追後危如一髮于時

顧公以水運左判官為運户曹卜物領率站舟待于

路遇風雨百官皆散惟山陵使長而多髥者攀靈駕
不去不知誰也數中以令孤楚對詔擢其于綱知制
誥嗚呼公之效忠急難登肯攀駕之此而廷臣竟莫
有對揚　聖聞渚使　聖祖不忘忠功之竟關而下
遂其可慨已今始　上聞而衰草之皆亦有以也歟
謹狀
大匡輔國崇祿大夫議政府右議政兼領經筵
監春秋事南公轍撰

再問亦然公前用子寶賡 贈資憲大夫議政府左
叅賛 當宁十六年丙子 朝廷以舊甲重回採訪
當時有忠義勞績者於是諸生始以公事上言于
輦道乞 賜謚而禀之 教曰可公後孫在璜等來
請狀于公轍嘗見公所管江都日記有農巖金文簡
公昌協遂卷權文純公尚夏跋文皆補道其忠勞甚
悉文純言公以名進士主張士論聲堂謁蔚余嘗響
風而恨未一拜文簡又備論金慶徽爭舟事並列公
儓隸三人之義惜其人微而卒不傳觀於二先生之
論可以知公何以贊為昔唐宣宗問白敏中懿宗襲

下配安東權氏參奉俶之女生四男二女震說正郎
震翼監司震顤進士金知震陟正郎女適許墳梁錫
九正郎一男史貞早沒無後繼子史周僉正監司一
男史衛右尹側室二男史愼史龍僉知二男史徽承
古史經縣監史綱正郎三男史夏進士史商文科史
周曾玄下多顯仕閭人至今不絕公爲人白皙好風
儀寬而有器量入省期以遠到及罷官歸鄉公雖下
自怨悔顧世之爲忠者將無以勸故論者悲之公歿
後孝宗大王臨筵語及江都事曰其時輒一運判
之力得以利涉幸甚其姓名爲誰左右皆莫對他日

此事公又跪問方令　主上安在曰已向南漢城矣
目泣下數行公亦泣不敢仰視公聞大君朝飯缺仍
進米一斗大君宿糒謝已而披庭人負奉　仁烈后
魂敏位版徒步來公尤驚泣求草芚張加上而安焉
公既董率民夫又往來候潮及二大君來舡又戒餝
毋敢怨時富警邑人皆逃難四散而公所慕民終無
一人連亡者明日又奉　嬪宮元孫發舡身自追至
孫石灘知利泊乃還明年宰相誤以不赴　行在叅
罷公不之辨仍歸湖中鄉庄自是廢擧業不復仕以
戊子十一月十四日卒壽五十七窆于高陽之先塋

繫虜者掌十餘耀大皆不集公遂招呼傍村民人懷
慨言曰守土之臣今無一人伺俟境上省脆國家
顛越至此將何以利沙險庠吾受 國厚恩豈可以
非其職而安坐而已乎爾等共一乃心力待而無敢
民皆泣曰諾已而 鳳林大君以白衣草笠跨黑獝
馬而來 鳳林郎 孝宗潛邸對彌而時 內殿喪
未終故衣未吉公即起進於前謁見麟坪亦在其左
公見 鳳林地坐使人以帶進 鳳林見公亦地坐
良久下就席乃乃取藁草薦騎下然後招坐公謂曰
虜兵之至何其急乎 鳳林曰安有如此事安言如

獨入家廟奉神位以出見者異之稍長請業扵練庵
任公尗炎炎藝目進戊午成進士　仁廟反正朝野
清明士論大行公首掌太學議黜陟公嚴齋中甫然
時有主選翰林者難其人問于李文靖公明漢李公
日有魚某在姑進之時公藏解云故然竟不第朝論
爲之嗟惜已已投　光陵恭奉遷濟用監副奉事轉
尙瑞院副直長俄陞六品爲京畿左道水運判官丙
子冬北虜入冦公帥站船徃通津輸運度支幣歲于
江華京報怱至言虜兵已迫西郊　車駕播遷又聞
嬪宮元孫及大君避兵將踰此入江華會天寒舡

諡狀

公諱漢明字汝亮咸從魚氏人本 朝有諱變甲集
賢殿直提學是生孝瞻知中樞府事諡文孝是也
於戶曹判書諡襄甫與以文學勳業顯於世曾祖諱
李壇議政府左參贊祖諱雲海平昌郡守 贈吏曹
參判考諱夢麟童蒙教官光海政亂隱居不仕歿
贈承政院左承旨妣全州柳氏副正永成女 贈淑
夫人公以萬曆壬辰正月二十二日生幼有至性甫
六歲母夫人歿于副正公淸風任所公躬與祭奠哀
毀如成人一日大水至樹舍侵沒人不知公所在公

余少從先輩聞　仁廟初載多士思皇賢關執耳
必極一時之選時則判官魚公以名進士主張齋
論聲壁讚蔚余嘗閣風而限未及一稧余曰其曾
孫舜瑞得見公丙子江都日記益不覺欽歎豈非
平日素明於義理之分者臨難舍辛烏能出力效
忠於職事之外岩是哉是宜褒尚板擢以興起忠
義之士而公不自伐世無知者至於　聖祖臨莫
屢問而莫有所對揚終伊當日之忠憤關咏而下
章鳴呼其亦可概也已余故表而出之以示來後
甲午陽月上澣安東權尚夏謹書

其視公之傔隷三人冒危難以奉公終始不肯背
去者豈直天壤之懸三人中大立耶爲尤奇是則
雖士君子勇於義者亦或難之美余惜其人微而
卒無傳於世也遂刻取其事錄于簡末使後來者
有考焉文書

鞭隨其妻子而
庠烏以戍云

昔唐宣宗問白敏中憲宗喪道遇風雨百官皆散
唯山陵使長而多影者攀靈駕不去不知誰也敏
中以令狐楚對遂擢其子綯知制誥公之效忠意
難豈直風雨攀駕之心而我 聖祖奮問於遠必
之後者其意亦豈偶然哉惜乎廷臣竟莫有對揚
者使 聖祖不忘奬忠之意闕而不逐其尤可概
也已丙戌至月上向安東金昌協謹書
金慶徽事見於野史所記多矣然或浮於傳聞不
無溢惡之起獨公記其所目覩最為的可信未論
其他只爭舟一事亦見其不惑無狀罹通於天矣

右故運判魚公所記丙子時事公嘗孫有鳳舜瑞
以示余之惟世教衰士大夫知利而不知義一遇
變故各私其身雖其職事所在亦且遷延觀望不
肯盡力甚或棄而去之如雖兔者多矣况龍於隱
事外出力故忠以濟 國家之患如公之為者豈
不尤難哉然而事之之日反以不赴 行在復
罪而患榮之家沒世不白公雖不自然悔亦何以
勸世之為忠者考 竊聞公沒後 孝宗大王嘗臨
延謨及江都事而曰其時賴一運判得以利涉矣
不知其姓名為誰延臣皆莫對他日再問亦莫云

報即以單騎發行々歷諸站招集哉心之格軍收拾
棄盡之舟隻二十二日午時後始得入城金判書已
進而李景穆為時任不知余當初聽金判書指揮而
先往通津委㭨是日十前徑先請罷終無以自伸豈
非數耶憶兩子之亂實我　國無前之大變而余以
微官任事津頭適當諸　行次渡涉之日目覩蒼黃
顚沛之狀自通津還站之際累逢賊兵幸而得全此
余平生所嘗薪險而不能忘者故累記顛末以示兒
輩云爾

此處形勢如此死生開發程可也皆曰然二十五日夜半發行二十六日暮到水原山城下止宿二十七日朝發向青灰暮投竹山某村而宿二十八日凌晨發行平明至太平院有一荒唐人持弓矢立於路左視其形貌似非我國人余於馬上呼而問之曰賊安時在何處其人不能言但曰彼山多多有之察其言決是可疑之人無可奈何即回馬從小路著鞭而過暮到忠州二十九日早朝發行暮到興元倉江邊招越邊站人站人等見余得生而來驚喜不已持兵來迎逐抵忠原本站翌日朝即丁丑元日也余以此站即吾信地故出役遲留以待賊退而使人探候山城消息於道路矣二月初始聞解圍之

其人之能斷於私情而為命於官曰上如此後到安山

風甲嶺必資糧出去逶逢敵致死又有馬頭愛福

者自亂初從會往通津自交通賊將州賊屬己不

行之功有不可勝言賊將交通津道仁川而終始

死亾者實顆此人之九亦及到江川以推見其亂初屬

辭余而去彼被虜見殺云口又到江川即引莫寶者

使之陷家兒行護送于半途則家遠以為官主賊州賊屬已矣不

不得推見寧從進聞余賜主到而同川即來生其終始陪父母妻之子功

不滿遲留不見寧從追聞余賜主到江川即來其終始生其死始陪從之子既

寀非尋常至余與此三人同余之誠九不衰可謂下之由故遂入不難篤能焦者

幷錄于此是日午後到安山奴子家扇只恐兩奴在家逐

投奴子指導家夜西將行半暮又到發風行甲欲嶺向屍亞浦路由又撥關於賊閏在

踥坪圓食乃不從得間己道更行還多于閭奴賊子弟家屯二十二日避入亞怖

島熊吉村之番地宿賊數若日夾更犯諱無路可釋勢故余謂島下乃人連日

海上以待卜物之來且欲觀勢渡海矣十九日朝有
荒唐人來于津頭問 宮殿行次入海與否盡賊中
偵探人也居民大駭村落一空檢察自江都令渡涉
諸船無遺移泊于越邊而掛罰之船一時放火燒盡
余始以判堂指揮來此不得庵入於山城濡滯屢日
苦待卜物之來而又值路絕於江都此後形勢惟當
歸往站所以待山城解圍趁即告由於判相則亦不
失吾當已之責也遂於二十日朝發行自通津海邊
到富平某村而宿二十一日朝來投衿川樂羊村驅有
桃大立者適逢其妻子於此也其妻則號泣而隨之
其兒女辛衣而橫立大立以鞭敺其妻子辛馬以從

息利渉時則尹相國昉陰廟社而至金慶徵亦肯
越邊還渡江華皆守張紳通津縣監右水運判官德
浦僉使寺亦皆來會同時護渉吾余即退還䑱耶而
本曹卜物無一駄來到者即欲徃赴江華則當初職
掌專在於卜物之運渉恐吾渡海之後卜駄或來則
事極良貝故皆連載三日而不知自處之如何乃招
耶率下人輩謂曰汝輩皆家在露梁不可不肯護汝
父母妻子汝輩可俱去矣下人輩皆泣且言曰當此
忌難之際瓮進賜於此處而身先敢歸情所不忍余
仍放歸十八人只留入番者三四人與之逐日徃者

海上捉得數三人而來日又加得一舡之格吳韓李
皆曰多幸多幸前後所得之人並八人一舡各分四
人韓令陪兩宮耶來之舡裝向海口其時風濤正
愁雲霧接天渺渺兩舡撐入于萬頃流澌中佇立沙
際憫不忍見余亦達夜奔走飢寒並至若將澌盡仍
欲退休來投寓所則夜己向曉矣頹然困臥不省人
事目以入睡矣十之日朝又往見李剳察於耶住處
問日曉頭兩宮行次果己無事過涉云耶李曰發
行之後遇逢風幾危扵流澌中董能得脫回泊于孫
梁項矣余不勝驚駭即趨往孫梁項審視之俄而風

嬪宮乘舡先就其家屬所載之舡而無帶渡海云矣
以此韓李深恨其所為夜將半余八赤報曰鷄既鳴
矣潮水且足余親往海邊見之使人意告于韓李兩
令日朝水正滿可及時渡矣韓李即皆來舡所則舡
隻多數掛置於沙清而格軍無一人諸備兩宮行
次亦自下處相繼進發而通申倖反右道判官俱未
及待令韓李罔知所為但言于余曰何以為之余率
下人巡視海邊則有裁三人潛伏于辟處使人捉致
果是村氓而操舟之役可以當之云余即曳坐其人
于韓李之傍曰公可着察此人使不得逃避又藏搜

到也 大君行次吾儼已擭得舡松艱辛渡海而兄
則胡不越卽村令以盡己住邪答曰下人欲亂余於
死地而然也卽與相對略陳己性奔走之狀矣有酒
有人惡呼通津下人曰宮人一行露處於海上凍餒
方甚速取火來通津曰當此之際何由得炭余曰救
惡之火何必炭為此處村落積草如山亦可以供火
矣通津曰然矣卽使厥下人取藻草數同而離火於
沙際一行寒戰之人一時屯聚而取煖焉此時媛
宮下處待今者惟韓李兩公而已慶徵則俄於
宮乘舡之際仍不知去處失追後聞之則慶徵見

余視內官寒甚不能自定問其夕食與否乃曰吾輩
夕食非所敢望而煩官夕水剌亦云闕供余聞極
驚泣而糧米進只束沙很濫只將行中取蓄意故數
往送于內官曰令翁凍餒氣切以此救一時之急如
何內官即招宮人入送余仍見酢興一爻副察便乎
敏求曰俄見內官又使余盤理缸隻而朝者耶慕氏
丁則已入於大君行次令州非但夜渡當此怠難
通津之氏豈肯再敢吾言否此後救師一學專素於
本官可也出來之際適逢一胥而答乃通津縣監察
此元也余就共手而言曰末知兄俱一何而今始來

微笑此時只有此舡一隻而滿載卜馬木及發舡余
即同舡即揮而下之 兩行次皆得乘舡而陪從内
人爭先者不知其數余在傍見其舡小而耶載之人
楸多言于韓令曰如此小舡若是多載尝險海路何
以渡涉余又回着水勢則潮水已退而船在沙渚又
告于韓曰令公試着水勢陸地行舡其可以為之耶
韓琛舡而視之不覺柯足曰將奈何將奈何如此之
際日已昏暮 行次還為下舡止宿于岧上村舍夜
初更有一人自下處來悤招余々進徃柴扉外有内
官自持馬靮而坐曰今夜當發舡々隻從速整齊云

公家騎取載之舡也公何缺誤而生怒邪廢徵怒猶

未解其時右水運判官尹堦始爲來到在傍其余曰

兄可休矣必大大事余尤不勝怒即與尹堦退卧

沙上日夏機受國厚恩身佩重任不念國家之

愍而只有保妻守心敗尚如此況微官乎已而

大君行次所發舡尚海口余不忍安眺即使人抽舟

子而言曰莫險海路艦心設澌頂毀避亂之人一艘

爭渡海口諸舡無一空舍者回主從峴一馬驕行次

來到乃嬪宮元孫行次也馬轎絲扶持軍不能踊

峴余即遣下人五六名護行以來承旨轎與一陪其

縱過而然也時有人來言檢察使招邀檢察即金慶
微也余卽隨其人俳見移時説話之際少無言及
國家事故仰天而嘯或衆廟而帥曰何以爲之何以
爲之如是而已少頃德浦僉使趙操乘舡來赴檢微
喜甚曰此人所乘舡必是堅好吾家所屬可以乘
此而濟矣據又有師邪挾舡余意以爲大君所乘
站舡板薄體小不若海鵬之堅完故欲以移乘之意
告于 大君前趨供一艍步凌微大怒懇使人呼余
曰君何必奪吾家儔邪乘之舡而欲納于大君前乎
余曰吾之所欲告於 大君者乃揀之挾舡問非令

國盡心乎乃射池賊名洋三申飭省盖以其時避亂

諸人如市紛紛恐其遲遲而散亡故也　大君

又下教曰吾一行人眾其眾舡三隻定送某對曰小

人安敢計舡數而定送于唯當乘舡待令而已必

必縣又見一行成行步來而其中一人着紫紬頭巾

背負紫紬袱而來使人問之乃　　敏　官奉

行次也危慄驚泣恐令人必問草笔數立排敢于舡

上則其一行卽就舡焉日就由晚閧內行次未會

乍卽者不知其數皆以白衣掩面而哭下混同

辦骨賊遍滿沙上白邑心線盖以其時中歐小

行其亦嗚咽不能對 大君曰君為誰也過涉事何
以為之某對曰小人即左水運判官魚某以戸曹卜
物運涉事每眠聽堂上分付來到此地而今聞闕
內行次急到已令修葺舡隻以待美曰何時發舡渡
海某對曰當待今日：中潮至氷解然後乃可渡俄
有一宮奴進言于 大君前曰行中頓乏斗升今日
朝飯何以為之余聞言驚惕即招下隷搜取儲粮米
一斗進呈其時 大君暫入柴扉內臾旋即出臨致
辭于某曰判官送飯米多謝多謝某即拜辭而退更
言于朝者某得松軍券曰時事至此汝輩敢不為

置之而下海修飭心祭四望後山有一行次著白衣
草笠跨黑大馬而來熟視之 乃 鳳林大君〔孝宗大王潛邸時諱淏〕
也其卽趍進於前 大君亦見某來先使人招之某
卽拜謁于岸上村家柴扉外砌邊麟坪大君亦在其
左矣其仰見 兩大君無坐席卽使人持方席進排
而移時不坐某思之其雖微當俯伏源地故似有不
安就席之意遂取藁草一束置余膝下則 大君始
就席某先進言曰賊兵之至一何忽乎 大君下敎
曰安有如此事安有如此事若是者再三其又跪問
曰 大駕出向何所 曰已向南漢山城 曰泣下

殿行次即刻當到此而地方諸官未及來候船於何
辦得耶汝輩居在海濱必習漾舟一番過涉必勞汝
不得辦矣居民等聽若不聞似有退散之意余即曙
聲曰汝曹獨非我 國之民乎 國有大變 宮殿
之居在津頭者見一行客日暮臨渡則人情猶不可
超視況今 國家行次臨亂到此汝安敢落 無濟
涉之意耶其中一父老應聲曰進覲言誠然吾屬敢
不仕此後半余即使下人隨其人搜得一村男丁二
十餘人並余耶率下人四十餘名率往津頭方以掛

通津地今當到此津頭矣余曰汝何妄言賊雖飛來
昨日安得八城其人曰此何等事敢妄傳余知其
信然驚惶罔措滂涙自出既而反而思之念此以來
此者雖為本曹卜物之運步今者國家行次頗越
其此而江華甫津等官時無一人來待者眩或賊兵
猝至諸行次何以過涉當此之時身在舡到本曹卜
物待候而不來　國豪行次已列而臨邑臣子之義
豈可以非已也任為諉而不為代行過涉之事宁但
念船隻則雖有之舡松燕一人可得故送即誘致居
民數三輩諭之曰今　國家不幸歡兵猝至諸官

行矣判相曰事念矣君其親造舡耶本曹卜物善為
護渉于江都余對曰舡隻昆海邊格軍皆在遠地無格
之舡如何以運用耶判相曰勢固然矣君須従便善慶
余遂辭而退當日午後發程投露渠站即抄下吏收得
老千人寸達夜奔馳十四日夕到通津新村之人潰然
不知有邊報余亦知有邊報而不知緩急通宵不寐坐
以待曙十五日朝忽有一人馳馬過門者此閭洛下之
報則答曰咋日賊騎已到碧蹄 大駕東宮皆皆自南
大門欲向江都聞賊已踰沙峴不得已閉城門改路向
南漢惟 嬪宮元孫兩大君行次僅得先出臨昏來宿

江都日記

魚漢明汝亮著

余於乙亥春除京畿左道水運判官然職適年美丙子
冬十月户曹判書金公議兩下帖于本站日站舡無遺
移泊通津洋以為本曹卜物漕嶺運致之地本站依帖文
即以站舡十餘隻即泊于通津新村海邊而松軍香見
忠原等地居民勢不可預為裝整以待事變只以帥隻
掛帆于海邊而使新村人看護而已是年十一月十八
日夕西邊急報至十二日朝判相坐賓廳招余而言曰
余於冬初當有站舡移泊之帖其已舉行否余曰業已舉

江都日記

강도일기 影印

서울대학교 규장각한국학연구원본

여기서부터 영인본을 인쇄한 부분입니다. 이 부분부터 보시기 바랍니다.